進可成事 退不受困

薛仁明讀史記

薛仁明 著

目錄

成敗得失

安身立命

自序

那回，我在台北書院上課，有學員提問，讀《史記》與個人的安身立命，到底有甚麼干係？

提問者，是位中年男子，近年來，遇到了人生的大困頓；很長的一段時間，心頭都解不開。後來，他在《中國時報》讀了我談《史記》的文章，頗有觸動；暑日去了趟池上，恰好，又在大坡池與我不期而遇。不久，我開了課。每一回，他總極早就到；每一次，他總扣著最真切處發問。我喜歡這樣的真切。

這樣的真切，現代人漸漸離得遠了。這些年來，許多人都找不到著力點；

日子過得並不舒坦，也有點沉重，卻又有些說不出的飄浮感。一如每天，他們可能低著頭，滑著手機，看似忙碌；也可能翻著書，寫著稿子，看似用功；但用功忙碌之餘，總仍有種難以形容的不對勁。這不對勁，他們有時也察覺得到，可是，未必能掙脫得了。資訊社會將鋪天蓋地的訊息，淹沒了他們；即使是所謂學問、所謂文化，常常也只是阻隔了他們。結果，他們慢慢失去了對人對事對天地萬物該有的真切感。因不真切，故而飄浮。因不真切，故而他們無力掙脫。

只有真切，生命才有風光，也才能夠翻轉。《史記》不只是一本史書，更是一本極真切的生命之書。我寫《史記》，希望能寫出一種風光，也能寫出一種真切。

民國一〇三年元月三日，薛仁明於台東池上，是時山坡上梅花盛開

成敗得失

長者

現代人受西方（尤其美國）影響，喜歡標榜年輕，同時，也多半怕老。君不見，台北捷運有多少的車廂，明明站了不少人，可博愛座的空位，卻常孤伶伶地一逕冷清著。這時，仔細一看，可能還有幾位長者正站一旁呢！博愛座如此乏人問津，一方面，當然是台北人謙沖客氣；二方面，也是有些長者身體硬朗，犯不著坐著，畢竟，「臥不如坐，坐不如站」。可是，另一方面，這的確也是因許多人視博愛座如忌諱，坐那兒，總有說不出的難受與不自在；這樣的不自在，說白了，其實就是不願意承認自己是個老者。

當「老」已成了某些人避之唯恐不及的字眼時，這就意謂著，我們是身處在一個價值錯亂的時代。換言之，當大家不以「長者」為尊貴時，這就是一個沒志氣的時代。

古人比我們有志氣。

當年，劉邦年近半百，出差咸陽，適逢秦始皇出巡，他道旁觀看，看著看著，不禁喟然嘆息，曰：「嗟乎！大丈夫當如此也。」數載之後，果然，劉邦打下了漢朝四百年亮煌煌的江山。箇中原因，當然很多；但其中有個關鍵：他是個「長者」。

劉邦的「長者」之風，由來甚早。當初他還是個亭長時，一回玩鬧，誤傷了哥兒們夏侯嬰。若依當時律法，亭長傷人，其罪甚重；因此，夏侯嬰為了迴護劉邦，寧可作偽證，寧可因翻案復審而坐牢一年有餘，又寧可遭鞭笞數百下，都完全在所不惜！從這點看來，劉邦除了是個無賴之外，可還是個讓兄弟不惜犧牲都要挺身相護的「長者」呢！

到了秦末，天下大亂，沛縣老少紛紛而起；他們殺縣令，開城門，迎接劉邦，「欲以為沛令」。擁劉邦為令，一則因劉邦已然亡命在外，率眾百餘，算得上略有實力；另方面，也因多數文吏（譬如蕭何、曹參）擔心來日事敗，「秦種族其家」，不願出頭，於是一致推讓給劉邦。除這兩點之外，更緊要的原因，恐怕還是如同東陽（當時另一個起事的縣城）少年群推陳嬰為長所說的理由：他是個「長者」。

劉邦起兵之後，加入了項梁陣營，項梁隨即又擁戴楚懷王為諸侯軍的共主。不久，項梁敗死，楚懷王開始調兵遣將，派人向西略地，準備進入關中，一舉破秦。任誰都知道，揮軍關中，乃天下第一等大事，而且，楚懷王還公開約定：「先入定關中者王之」。換句話說，誰先平定了關中，誰就成為京畿所在的秦地之王。因此，雄心蓋世的項羽，一方面想拔得頭籌，一方面也想報叔父項梁為秦所殺之仇，於是便自動請纓。然而，懷王回絕了項羽，在諸多將領中，卻獨獨挑選了劉邦。那時，楚懷王的理由是：「獨沛公素寬大長者，可遣」。

因為是個「長者」，故劉邦受推為沛公；後來，又因為是個「長者」，劉邦才入得了關中，成就日後的漢王。待成為漢王後，又有王陵之母，寧可自刎，也不受項羽要挾；自刎之前，遺言要王陵「謹事漢王」，理由是，「漢王長者也」。

問題是，何謂「長者」？

「長者」當然年紀大，但是，又不盡然。

在中國，年紀一大，似乎就是個優勢。中國人看戲看壓軸，凡事「好戲在後頭」。事實上，中國人的一生，只要下足功夫，沉得住氣，常常越是晚年，就越光彩紛呈。譬如書畫，古人且先不表，單說近代，齊璜年約六十，才開始「衰年變法」，從此大破大立，白石老人的畫風於是一變，遂成獨絕；此外，又有八十三歲的張大千，去世前數月，含著心臟鎮定片，在家人扶持下，爬上訂作的高桌，畫就一幅筆酣墨暢、大氣淋漓的「廬山圖」，長有十米，高則一米八，多年前，我在台北故宮親見原畫，不禁目眩神搖。而至如今，還有個星雲法師；他本非書家，寫字也只是隨緣歡喜；年過八十，近乎失明，落筆時，甚至還要人攙扶；但他那一手書法，可真是越寫越好了。

年紀一大，他們的生命，慢慢就淬煉出特殊的質地，有點像石墨變成了鑽石。這樣的淬煉，書畫只是其一，更精彩的，還得看看《史記》裡頭那幾位老先生。譬如姜太公，大家都熟，你說，當初他踏上歷史舞台，先輔文王、後佐武王，才剛剛開啟周朝八百年國祚時，到底已多大年紀了？又譬如范增，「年七十，素居家，好奇計」，都這把年紀了，他才初初投靠項氏，成了項羽日後獨一無二的大謀臣。七十幾歲的范老頭，若非後來被陳平離間，若還一直待在項羽底下，那麼，劉邦真要扳倒項羽，恐怕，還不容易呢！此外，秦末還有個酈食其，在陳留縣高陽那小地方，穿著一襲儒服，想拜謁沛公，聞聽沛公不見儒生，這六十幾歲的酈老頭，只兩眼怒瞪，按著劍，對使者厲聲喝斥：「走！復入言沛公：吾高陽酒徒也，非儒人也！」

好一個酈老頭！當初，他在高陽當里監門吏，職位卑微；可全縣上下，卻從沒個人敢使喚他。迨天下兵起，途經高陽的各路英雄，來來往往，絡繹不絕；酈老頭一個個打量，又一個個搖頭。獨獨沛公，酈食其一眼看出，此人儘管輕慢，可心量氣度，卻大非尋常；若套句酈老頭的話說：「沛公慢而易人，多大略（足智多謀而有大見識），此真吾所願從游。」

既要從游，就得求見；結果，酈老頭厲聲一喝，果然如願見了沛公。可才入謁，卻只看到劉邦倨坐牀上，滿臉吊兒郎當，正讓兩名女子洗腳呢！酈老頭一看，「長揖不拜」，接著，又正色言道：足下若想成就大事，「誅無道秦」，那麼，就「不宜倨見長者」！

呵！你瞧，在懷王口裡「寬大長者」的沛公面前，這回，酈老頭也自居「長者」呢！當然，酈食其比劉邦大十來歲，但是，這絕非重點；真正的重點，應在於他對劉邦所說的，「吾度（揣度，判斷）足下之智不如吾，勇又不如吾」；換句話說，比起劉邦，酈食其自認更「智勇雙全」，而這，才是他自居「長者」的根本理由。

因此，所謂「長者」，從來就不只是年紀大。事實上，當初被推為沛令時，劉邦的老父（《史記》稱之為「太公」）猶然健在；東陽少年擁戴為王時，陳嬰的老母也還頭腦極其清晰；他們這兩個當兒子的，年紀又哪能多大？他們之所以被稱「長者」，除了年紀的確不輕之外，更在於他們身上具有年長之人該有的「美德」。這種「美德」，比如是劉邦的「寬大豁達」、陳嬰的「忠信恭謹」、酈食其自詡的「智勇雙全」，或者，也比如是姜太公、范增那種高瞻遠矚與深謀遠慮。

換句話說，所謂「長者」，其實是一個生命圓熟之後，憑其豐富的閱歷，藉其深遠的智慧，於是淬煉出一種特殊的人格質地。這樣的質地，有種特殊的份量，有種懾服的力道，可讓人由衷地敬佩，也使人魂魄為之震動。有了這種質地，「長者」因此有種尊貴，可以服人，可以養人，可以與世人相知相悅；也正因如此，「長者」可以為長，可以為王，可以打得了天下。

「長者」的一生，是開了好花，又結了好果。他們在年長之後，生命逐漸積澱，於是有種豐厚；他們在年長之後，生命逐漸通透，於是更有種明亮。他們越是年老，就越見風華。正因如此，中國一向是個長壽的民族，中國人也特別懂得敬重長者。就單單前頭這幾個「長者」，你瞧那精神！瞧著瞧著，我們當然欣羨，也當然嚮往，然而，在佩服的當下，可否也有一問：來日，我們會成得了如此風華又如此精神的「長者」嗎？

一棒打響歷史

張良的故事，大家都熟。但是，當我讀到〈留侯世家〉裡的三個字，眼睛仍為之一亮。

「欲毆之」。

做為王者師，張良運籌於帷幄間，一派氣定神閑；助劉邦得天下後，又功成身退，從赤松子游，學辟穀、習導引術；那進退間的從容，令人遙想不盡呀！除了迴身轉圜那優雅的身影，司馬遷在〈留侯世家〉的文末，還特別提到張良長得秀氣，「狀貌如婦人好女」。凡此種種，張良似乎都該是個清雅淡定、沒啥火氣的才是。

孰知，年輕時的張良，卻實實地不然。他不僅不淡定，壓根就血氣洶湧。當年，秦才滅韓，儘管家中有僮僕三百，張良在心激氣切之際，甚至「弟死不葬」；為了國仇家恨，他散盡千金，「悉以家財求客，刺秦王」。最後，覓得了力士，遂在博浪沙一地，以沉沉鐵椎，奮力一擲，狙擊秦王。這一擊，雖說誤中副車，功虧一簣，但兩千多年來，為之震動的，又豈只當年秦皇？

事敗後，血氣洶洶的張良驚魂未定，急急亡命，遂改名易姓，避居於下邳。亡命之後，這五世相韓的世家子弟，脾氣依然改變無多；於是，那日閑步，遇一老者，因其無禮太過，一時愕然，頗覺忿怒，便動念出手，「欲毆之」。張良「欲毆」的這老者，大家都清楚，正是黃石公。

因黃石公，張良這一生，於是翻轉。翻轉的關鍵，不在於黃石公授以《太公兵法》，而在於黃石公狠狠賞了他一棒。從故意丟鞋，再輕蔑地讓張良去撿，再倨傲地喚他穿鞋，這一個個動作，等於是一棒棒落下，就端看「孺子」張良接不接得起。若接得了，那是張良的造化；若接不了，那也只能拉倒。張良本是個心激氣切甚至是心高氣傲的公子哥兒，見黃石公如此行狀，一開始，難免就心生不滿、為之愕然，遂本能地「欲毆之」。但是，也算天幸吧！就在這恰恰一機裡，張良忽地心念一轉，暫且隱忍，勉強地「長跪履之」。就在這「孺子」張良「長跪履之」後，黃石公只一臉恬然，「以足受，笑而去」。張良望著那含笑的身影，半晌，忽地一怔，像是開了天眼，頓覺可異，不由地心頭一驚。這一驚，不僅驚開了聰明，更驚破了原有的執念，於是，接下來連續三次的五日一約，不管黃石公再如何蠻橫發怒，再如何「蓄意刁難」，聰明如張良，肯定，都要虛心受此一棒了。

黃石公這一棒，是扶強不扶弱。施棒，是強者；受棒，更是強者。施棒不易，受棒難。張良的心激氣切，張良的世家包袱，他種種的習氣與執著，若能受此一棒，進而一棒打殺，那麼，才可能從此徹底翻轉，讀太公兵法也才庶幾有益。若是無此一轉，兵法讀得再多、再認真，其實，也都枉然。

黃石公與張良，兩人高手過招，一個願打，一個願挨，遂一棒打響了歷史。歷史上，如此地鏗然有響，更早前，還有老子賞孔子一棒。

孔子幼年喪父，身世也遠遠不及張良，「吾少也賤，故多能鄙事」，一般世家子弟的包袱，他身上是沒有的。但是，孔子的問題在於，他天資太好，過於早慧，素來又以「年少好禮」聞名。於是，孔子年紀輕輕，便多有徒眾；年紀輕輕，也就以師位自居。後儒標舉孔子，總將他說成是天縱之聖，像是個天生無瑕、從不犯錯之人。殊不知，如此年少成名，就難免有異化之虞；太早備受尊崇，更難免會有不自知的「我慢」。年輕時代的孔子，意氣風發，的確就頗有些貢高我慢的。正因有此「我慢」，才會有後來老子這一棒！

那回，孔子適周，問禮於老子。說是問禮，其實就是問道。既是問道，老子當然要實話實說；而且，這回孔子主動求問，等於是自投羅網，嘿嘿，老子就不必客氣了。於是，對著眼前這人，他便結結實實，一棒打去，「聰明深察而近於死者，好議人者也；博辯廣大危其身者，發人之惡者也」。從老子這話看來，年輕的孔子，肯定好學深思、才華洋溢；但是，也正因才情太多，遂為才情所累。孔子聰明外露，好發議論；孔子博聞強記，言詞鋒利；言詞議論所及，鮮少有人能擋。正因有此能耐，且又自居師位，難免就我執甚深，稍不小心，就會以訐為直；年輕的他，看似一臉正氣，實則心中多有傲慢，更不乏爭強好勝之心。於是，老子挑明著對他言道，「去子之驕氣與多欲！」所有的習氣與執著，當去則去；所有的才情與聰明，也當藏則藏；鋒芒畢露，並非好事，「良賈深藏若虛；君子盛德，容貌若愚」，好自為之吧！

寥寥數言，卻句句直指核心；老子這一棒，出手極重，打得孔子幾乎步伐踉蹌；後來，《莊子・天運篇》便說，「孔子見老聃歸，三日不談」；整整三天，五臟六腑，都還震動著，完全說不出話呢！《莊子》這段記載，真假不論；但能將孔子寫得如此實誠，就比那些成日歌誦孔子的後儒，都更像是孔子的知心之人。

我喜歡這樣的孔子，有弱點、會犯錯，有時，還可能步伐踉蹌。一如晚年的他，偶爾還動念「乘桴浮於海」、「欲居九夷」；如此孔子，不時都可能動搖的。然而，雖說會動搖、會喪氣，但才隔半晌，定一定神，重整旗鼓，又比早先更有精神、更有氣力，這就非常的好。我相信孔子年輕時的確「驕氣與多欲」，但我更心儀他後來的層層翻轉。聖人之偉大，不在於絕無過錯，而在於「過則勿憚改」；孔子之了不起，也不因他是「天縱之聖」，而在於他翻轉的誠意與能耐。

我總覺得，孔子問道於老子，是他一生至大的轉折點。其關鍵、其緊要，幾乎就等同於張良遇見了黃石老人。正因如此，漢代有些壁畫，就以此為題材。《史記》的〈孔子世家〉，於此更著墨甚深。這不僅是司馬遷的大見識，其實也是漢代士人的集體意識。反倒後世儒者，多半避而不談，這就可惜了。畢竟，施棒不易、受棒難。施棒之人，固然強者；虛心受棒者，才更是狠角色。老子云：「勝人者有力，自勝者強」；歷史上，從來不缺乏「勝人」的有力者，但真能「自勝」的強者，卻實實不多見。孔子也好，張良也罷，正因能夠「自勝」，生命才從此強大；當年，他們受得起這一棒，來日，便能將歷史打得錚錚有響。

陳平厲害在哪？

以前帶學生讀《史記》，他們最愛看〈陳丞相世家〉。因為陳平聰明，而且有趣。

陳平擅於權變，知機應機，聰明得不得了。像我這種自幼至長既拙且鈍之人，尤其羨慕陳平的種種機智。譬如那回，他從項羽陣營脫逃，渡河之中，船夫見他相貌堂堂，且又一人獨行，估計他必是個亡命將領，「要（腰）中當有金玉寶器」，便思謀財害命。陳平意識到凶險，二話不說，便脫下衣服，打了赤膊，「幫」船夫撐船，以示自己的空空如也，瞬間，就將這殺機消弭於無形。

如此機智，或許不算太難，但日後他對呂后的虛與委蛇，就大不容易了。呂后稱制，欲立諸呂為王；但群臣意見，卻不得不有所顧忌。於是，呂后問右丞相王陵；王陵乃忠厚人，老老實實，直接便答：不可。呂后隨即又問了左丞相陳平，陳平則不假思索，曰：可。退朝後，王陵責陳平以大義，陳平便說：「於今面折廷爭，臣不如君；夫全社稷、定劉氏之後，君亦不如臣」。陳平非常清楚，此事爭不得一時，只可從長計議。果然，王陵旋即遷為太傅，不再受用；陳平則升為右丞相，位居朝廷中心。後來的幾年，眾臣對於陳平，免不了有些略帶微詞的「清議讜論」。陳平顯然完全不管。他只待呂后一死，便策動了那一班的開國舊臣，殺諸呂、迎文帝，化解漢初最大的一場政治危機，遂有日後的西漢盛世。

除了深謀遠慮之外，陳平最擅於一時計謀。特別有名的一回，是劉邦出兵代地，「會天寒，士卒墮指者什二三」，遂受困平城，「為匈奴所圍，七日不得食」；危殆之際，最後就靠著陳平的「奇祕之計」，才終於脫困。這「奇祕之計」，難以明言，故史冊未載；直至如今，猶多揣測陳平到底用了啥不可告人的手段，還眾說紛紜呢！

至於陳平襄助高祖「戰勝剋敵」，更膾炙人口的，無疑是韓信封齊王一事。那回，韓信剛剛底定齊地，志得意滿，遣使請封「假王」（假，暫代也）。劉邦受圍於滎陽，形勢正當危急，聞聽此請，遂破口大罵：「吾困於此，旦暮望若（你）來佐我，乃欲自立為王?!」左右一聽，知道這會壞了大事，急急忙忙，「躡漢王足」，附耳上前，寥寥數言，劉邦就馬上省悟，旋即改口又罵：「大丈夫定諸侯，即為真王耳，何以假為？」

因此一「躡」，遂有後來韓信的援兵相助；因此一「躡」，才有日後垓下的十面埋伏，最終，漢王也才成就大業。當時「躡漢王足」的左右，眾所皆知，一是張良，另一則是陳平。張良與陳平，同是劉邦左右，同為最重要的謀臣，也同樣機智不凡，但是，二人的歷史形象，卻頗有差異。

張良是個黃老之徒，近於仙家。他平日多病，長得如「婦人好女」，還經常示人以柔弱；極聰明，卻深藏不露；偶爾出手，總不沾不滯、若即若離，像個無事之人。即使兵馬倥傯、權鬥危急，他置身其中，依然有種出塵離世、隨時可飄然引去的姿態。因此，張良沒甚麼敵人；自始至終，也備受劉邦敬重。漢初功臣多受殺戮，張良則一逕地淡泊寧靜，不僅安然無事，甚至連遭疑受忌也未曾有過。

至於陳平，同樣是黃老之徒，卻更近於縱橫家。他極具人間煙火；榮華富貴，樣樣皆愛。年輕時娶妻，不屑貧寒之家；有位富家女，嫁了五回，丈夫皆死，鄉里間，沒人敢娶，獨獨陳平，一心一意，定要迎娶入門。陳平長得體面，富家女的祖父就看上這堂堂相貌，才堅持要「下嫁」孫女。陳平不僅光鮮明亮，且又聰明外露，很容易就引人注目。初初一見，許多人便覺得他耀眼，但也不少人看他刺眼。於是，有人賞識他，也有人中傷他。尤其他「大行不顧細謹」，不拘拘於世俗的道德標準，亦正亦邪，常常行走於是非善惡邊緣，所以，不時都要招讒引謗。

但是，陳平有個好處。做為聰明人，陳平徹頭徹尾，是真正的聰明。一般人的聰明，多是半調子：長於知人，闇於自知。平日談人論事，總目光如炬，輕易就能說得頭頭是道。若涉及自己，卻總沾事則迷；遇到問題，明明關鍵在己，但對於自己的某些限制與不足，偏偏就不肯承認，也不願面對；要不躲閃，要不推諉；越聰明，就越擅長自我開脫，也越擅長找盡說辭、想遍說法，最後，連自己也可以徹底欺瞞。

於是，一旦遇讒受謗，聰明人多半就犯糊塗。他們怨、他們怒；他們憤懣、他們不平；他們憂心忡忡、他們自傷自憐；他們總覺得受了好多好多的委屈。這些聰明人如果夠糊塗，常常一輩子都不得解脫；臨死前，還一肚子的嗟嘆與怨恨；他們回身一望，只覺得畢生酸楚，遺恨無盡。

陳平不然。陳平遇讒受謗時，異常清醒。兩千年後，同樣的清醒，還有個李鴻章。李鴻章在清末靡艱之際，獨撐大局。每回他力挽危局、收拾殘局，總有朝臣冷嘲熱諷：「賣國者秦檜，誤國者李鴻章」；更有呶呶不休的「清議」者大罵：「漢奸」。李中堂聽了，只微微一笑，便踅身回府，又看了他自撰的對聯一眼：「受盡天下百般氣，養就胸中一段春」。

相較而言，陳平處境沒有李鴻章艱難，卻更有自知之明，也更清楚那些讒言毀謗後頭的根本原因。因此，他從不自覺委屈，也從不誇大別人的惡意。因為夠清楚，所以，不曾受累於這些流言讒毀。陳平連寫對聯也不必。

換言之，陳平不會憂讒畏譏。別人的中傷，要不置之不理，要不四兩撥千斤，要不就借力使力；總之，傷不了他。於是，當年他大嫂對他惡言惡語，他壓根不當回事，反倒這大嫂後來被他兄長趕出了家門。又於是，陳平剛從項羽陣營出奔不久，周勃等近臣看他礙眼，就在劉邦面前頻進讒言；劉邦一聽，忙喚陳平當面質問；一席話說罷，但見陳平見招拆招，不僅毫髮無傷，反讓劉邦更加器重。至於周勃的中傷，陳平既不怨、也不恨，彷彿沒此事似的。多年之後，殺諸呂、迎文帝，這歷史性一舉，還是陳平與周勃、一文一武，兩人聯手完成的呢！

陳平對於周勃，並非世俗所謂的心存寬恕，也不是甚麼不念舊惡，事實上，那不過是黃老之徒特有的清楚與明白罷了。人生在世，只要夠清楚、夠明白，其實就沒那麼多的事兒，也不必有那麼多的寬恕與原諒。陳平就是這麼個無事之人，因此，啥事也傷不了他。陳平明白別人，更清楚自己。他視人猶己，也視己如人；談起自己，有時竟像說別人似的。一回，他說自己「多陰謀，是道家之所禁」；接著又說，「吾世即廢，亦已矣；終不能復起，以吾多陰禍也！」（在我死後，爵位若是被廢，那也只能認了；如果最終依然無法復爵，那正是因為我陰謀太多所造成的遺禍呀！）

論聰明，陳平的計策謀略，當然不凡；但他能將自己看得清、見得透，那才是更大的本領。人生在世，計策謀略，自然是大有用途；但學會明明白白地看清自己，卻才是更要緊的功課。後來，我對學生言道，只要在人事傾軋之中，你動輒傷痕纍纍；與人發生爭執後，心情也久久不能平復；事情過後，又免不了要嗟嘆、忍不住要抱怨，這時，再來讀讀〈陳丞相世家〉，就會明白，那個傷不了的陳平，到底有多麼厲害！

不過一敗

項羽劉邦之事，兩千多年了；世人言之不盡，也思之無窮。我是個鄉野之人，讀史書，一如劉姥姥逛大觀園，只覺得眼花撩亂。但是，看他二人之起起落落，倒讓我想起了自己一樁小事。

那是民國八十五年的夏天，賀伯颱風侵台，引發空前的自然災難，也帶來台灣社會偌大之撞擊。有感於斯，我寫了篇一萬兩千字的長文；下筆前、完稿後，一直都心緒激昂、澎湃洶湧，久久不能自已。後來，將稿子寄給了兩家報社，當然，都退稿了。一則我當時毫無名氣，再則寫得也不能算好，三則又實在寫得太長，任誰都不該用的。過陣子，我總算想通了，心境也已然平復，對於刊登之事，便沒那心思了。倒是我中學時代的導師，深覺可惜，屢勸我稍事剪裁，修成短篇再投。提了幾次，我卻是意態闌珊；最後一回，我只淡淡言道：「其實我不想這麼早成名。」

當時，我二十八歲。而今想來，這話，算得上是樁小小的洞見嗎？

回到項羽劉邦。項羽是貴族之後，先祖「世世為楚將」。一般而言，世家子弟識多見廣，起手便高，若加上「才氣過人」（司馬遷言項羽），在風雲際會之時，便常常驟然而興。項羽初起，年方二十四。自古英雄出少年，項羽正是不世出之少年英雄。且看他鉅鹿之役，先殺了「卿子冠軍」宋義，威震諸侯，又率楚兵破釜沉舟，軍士們一以當十、呼聲震天，不僅大破秦軍，還讓作壁上觀的諸侯各軍「無不人人惴恐」；既破秦軍，「項羽召見諸侯將，入轅門，無不膝行而前，莫敢仰視」；如此項羽，何等豪情，又何等英姿！短短三年內，他引領各路諸侯，一舉滅秦，「分裂天下而封王侯，政由羽出，號為霸王」，如此成就，《史記》說：「近古以來未嘗有也」；當時項羽，遠遠還沒三十！

此時此刻，項羽豈只意氣風發，又豈只年少得志？但是，這麼叱吒風雲，不過才又五年，項羽竟急轉直下，垓下受圍，旋即又烏江自刎。噫！何興之暴也，又何亡之倏也？可嘆他自矜自伐，四顧無人；身旁的高手，連個范增也留不住。可嘆他執念甚深，即使垓下突圍，仍執著於「天之亡我，非戰之罪」，仍念念於自己萬人莫敵之能耐，都不忘證明自己輕易就能斬將刈旗。唉！都甚麼時候了，還要逞能?!

項羽是才情過多，遂被才情所執。項羽又是成名太早，遂為名聲所縛。他的死，是死在烏江自刎；他的自刎，又因沒臉見江東父老。他的家世、他的名聲，都成了甩不掉的沉重包袱，至死不得解脫。這樣的才情、這樣的身世，固然讓他暴然而起，讓他年紀輕輕就登上絕頂；但也正因如此，當年輕的項羽獨立孤頂時，也就只能目空一切；除此之外，他沒機會領略呼吸吞吐，也不知如何迴身轉圜。他的人生有起無落，一旦落下，就只能粉身碎骨。

劉邦不然。劉邦在起事前，年近半百，卻幾乎一事無成。他「不事家人生產作業」，總被老爸嫌為「無賴」。即使當個亭長，閑來無事，也就狎侮一些僚吏，尋尋開心吧！縣吏蕭何於是笑他，「劉季固多大言，少成事」。愛說大話的劉邦，卻又胸無大志，從不像項梁（項羽季父）時時刻刻都是宏圖遠慮與多有謀略。亭長劉邦，不過是「好酒及色」；喝了酒，囊空如洗，便賒賒帳；店家訛他，將酒帳又多記幾倍，他也不在意。

這般被嫌棄、被笑話、被當成冤大頭，劉邦壓根不當回事。天生之豁達，再加上半生之際遇，使得他凡事都無可無不可。這般無可無不可，看似吊兒郎當，又看似漫不經心，但事實上，卻有其根柢之大氣與元氣。

因為大氣，所以劉邦素來寬厚，故而在起事群雄中，楚懷王獨獨許他進軍關中，遂成日後漢王大業。又因為大氣，故劉邦海納百川；論運籌帷幄，他不如張良；論後勤補給，比不上蕭何；論戰必勝攻必克，更遠遠不及韓信；但「無甚才能」的他，憑其胸襟，憑其氣度，卻能將這天下第一等俊傑盡納彀中，開創了亙古未有之新局。

劉邦的元氣，更是驚人。當年曾國藩討太平軍，多有挫折，上奏戰果時，原說「屢戰屢敗」，後又改「屢敗屢戰」。這一改，固然好，但終究經過了一番轉折。若是劉邦，憑其根柢之元氣，屢敗屢戰，本屬當然，連轉折都不必。在他看來，顛躓踉蹌，原屬尋常；回過神來，也就得了。正因老被嫌棄、被笑話、被當成冤大頭，使他在呼吸吞吐之間、迴身轉圜之際，都毫不執著，也毫無罣礙。對中年以前一直籍籍無名、兩千年來名聲也未必多好的劉邦而言，人生起落，一如花開花謝；而沙場爭戰，即使輸得再不堪、逃得再狼狽，那都不過，就是一敗。

天人之際

當年，決定唸歷史系，是受了司馬遷的影響。

因程度不好，又不認真，高中時讀司馬遷的〈報任安書〉，其實懵懂，壓根讀不出此文的千迴與百轉。但他那三句話，「究天人之際，通古今之變，成一家之言」，卻讓年少的我，憧憬滿懷。後來，我果然讀了台大歷史系；但唸了四年，卻完全不知如何「究天人之際」。一方面，固然是我沒用心讀《史記》；二方面，也是學院那種科學實證、主客對立的學術體制，根本與「天人之際」無緣。

所幸，大學畢業後，我就脫離了這學術體制，不再讀那二元對立、毫無生命情性的乾枯論文。後來，慢慢丟掉了包袱，像個小學生，學會虛心、學會誠懇，不帶成見地重新與中國的學問素面相見，一點一滴，沁入魂魄深處。這時，我再讀《史記》，讀著讀著，終於恍然明白，何謂「天人之際」。

中國有句老話，「文章本天成，妙手偶得之」；文章也好，書法、音樂也罷，只要是絕佳之作，好極，妙極，一旦達到了絕對，那都是高手假借了上天之力，在神志清明之時（譬如王維寫〈辛夷塢〉），抑或恍然有思之際（譬如王羲之的〈蘭亭集序〉），剎那間，間不容髮，遂偶然得之！人有限，天無限；以有限之人力，創造了圓滿自足、無可增減的無限作品，此之謂「天幸」！這些高手，在邀天之幸的當下，恰恰就立於「天人之際」。

比起文章，更不容易、也更邀天之幸的，是打天下。譬如劉邦。劉邦在恍然有思之際，提三尺之劍，斬當徑之蛇；起義後，雖處險絕，總仍神志清明，應機決斷，終究化險為夷、絕處逢生，開創了四百年的大漢江山；至今，我們自稱「漢人」，說著「漢語」，寫著「漢字」，遺澤兩千餘年呀！《史記》寫這樣的王者，正是高手寫高手；認真說來，那是「究天人之際」的司馬遷談著「立於天人之際」的劉邦，棋逢敵手，精彩呀！

一開始，先寫劉邦的敵手。世人多以成敗論英雄，但司馬遷游於天人，當然另具隻眼。他既不成王、亦不敗寇。他為失敗者項羽立傳，且立傳於本紀。不僅如此，他還讓項羽的英雄形象，遠遠壓倒劉邦，而且，綿亙千古。英雄氣所及，即使項羽身旁的美人虞姬，一側的駿馬烏騅，至今都仍歷歷鮮明。項王雖兵敗自刎，但那慷慨激烈、豪氣干雲，不僅讓敵手劉邦為其發哀、泣之而去，即使千載後人，讀之，都不免要悲歌數闋的。

接著，司馬遷寫劉邦。劉邦不是英雄，因此，他不會英雄氣短。他屢戰屢敗，敗了，既不慷慨，也不悲歌；他敗了，再狼狽、再不堪，也不過，就是一敗。他從小無甚「出息」，也少受「稱許」，老爸數落他，蕭何取笑他，岳母也瞧不起他；他不是人中豪傑，也不是俊彥之人，他一向鮮被認可，因他所立之處，乃「天人之際」。他雖「仁而愛人」，同時卻又好狎侮人；他入關中，盡得人心，關中父老，人人「唯恐沛公不為秦王」，然而，但凡人情所不能捨者，他又是其人如天，盡可一路拋卻。劉邦是，兵敗，父母妻子皆可棄。

人有限，天無限；無限就不好說，更不好理解。正因如此，在司馬遷的筆下，劉邦的形象，既複雜，又令人疑惑。世人讀之，或不屑、或憎惡、或詫異、或歆羨、或佩服得五體投地，就端看讀者自身。有極度佩服者，譬如石勒。石勒曾經為奴，日後卻奄有江山半壁；不識字，但一聽聞酈食其大封六國後代的餿主意，就替劉邦著急；隨後，又聞聽張良勸阻，沛公也幡然改正，他不禁又撫掌稱好。這麼個石勒，不直曹操、不直司馬懿，覺得欺人孤寡，終究不夠磊落；他看劉秀還行，聲稱若彼此相遇，「當並驅于中原，未知鹿死誰手」；獨獨劉邦，他死心塌地地服氣，「若逢高皇，當北面而事之，與韓

（信）彭（越）競鞭而爭先耳。」

像石勒這樣的擁躉，數目不多，但是，份量極重。司馬遷寫〈高祖本紀〉，似乎也無意讓劉邦的擁躉過多。反正，深者見其深，淺者識其淺，各得其解罷了。他自己的《史記》，不也如此？否則，何以言「天人之際」？又何必自稱「藏之名山」？兩千年來，儒生總嫌司馬遷對各色人等（諸如刺客、遊俠、商賈）愛廣喜泛，不及班固這等純儒來得雅正。別人如何理解，司馬遷恐怕不甚在意；若是劉邦，則壓根從不關心。劉邦這人，愛更廣、喜更泛，平日他好酒，也好色，心血來潮，還用竹皮製冠，名曰「劉氏冠」；不過，劉邦最喜歡的，則是到處狎侮人，尤其遇見了道貌岸然、自以為是的儒生，更是調皮到不行，「輒解其冠，溲溺其中」。呵呵！這群不知「天人之際」為何物的迂儒，只好滿臉怒容、一身委屈，轉過頭去，心頭不免一聲嘀咕：「這無賴！」

生前死後，劉邦總被罵「無賴」；前前後後，也整整罵兩千餘年了。這罵，肯定有道理。但是，再怎麼罵，又再怎麼有理，那堂堂四百年的漢家歲月，單單留下些陶器，都已讓成日訶斥傳統文化的魯迅看了仍不禁要讚嘆那時代的質樸與大氣。這樣的質樸與大氣，說穿了，是源於那時的人兒離天近，都還有種渾然天成。我們眼下這時代，則是離天遠了；質樸與大氣的人兒，確實也不多了。我在悵然之餘，常想起年輕時對司馬遷「天人之際」的憧憬，不時，還會想起了「無賴」劉邦。

有此風光，便能成事

歷來王者打天下，一賴武將，二仗謀臣。做為王者，劉邦的形象不佳，讀書人對他鮮有好感；同樣地，劉邦看讀書之人，也多有不喜，甚至明擺著就是厭惡。可怪的是，劉邦的身旁，尤其越到後來，越是謀士如雲，陣容不可謂不堅強。這樣的看似矛盾，當然是得力於他的大度能容、從諫如流；士人若真有見地，又不酸不腐，劉邦還是一望可見、一聞便知的。

那時，扶保劉邦的群士，有酈食其，有張良，有陳平，此外，還有叔孫通。其中，酈食其最為年長，剛出道時，都已六十好幾；早先，他在高陽當里監門吏時，舉縣「皆謂之狂生」，沒人敢惹他，也沒人敢對他有意見。至於張良，凡事舉重若輕，那不沾不滯的身手，宛如天外遊龍；因此，生前死後，一直是個沒是非的神仙般人物。至於陳平，人間煙火氣就重了；他愛榮華、喜富貴，年輕時娶妻，還嫌貧愛富呢！再加上他好用權謀，因此，名聲一直不好，是非也一向不少。然而，真要說名聲之差、爭議之多，則屬叔孫通為最。

叔孫通是魯國大夫叔孫氏之後，嫻熟禮樂，是個儒者。打天下時，儒者很難派得上用場；可天下一定，叔孫通這等繫心禮樂的儒者便可一展所長。叔孫通曾說，「儒者難與進取，可與守成」，我喜歡這前一句話。人之可貴，在於自知，在於清楚一己限制；做為儒者，叔孫通如此坦然承認自家的不足，了不起。後世儒者，志在天下，自覺肩負著天下興亡，這當然偉大；可也正因如此，稍不小心，便容易有種自大，以為天下之美盡在於斯，以為除了他們所標榜的內聖外王之道，其餘，皆不足為觀。他們的志氣大、眼界高，卻常常有種不自知的傲慢；他們總愛談正心誠意，也強調自省工夫，卻鮮少有叔孫通這樣自承不足的誠懇。或許，正因叔孫通與一般儒生有此不同，故而即便《史記》

稱之為「漢家儒宗」，可歷來非議叔孫通的人，卻也統統都是些儒生。這有意思！

當初，劉邦因民間出身，又生性疏闊，極不耐繁文縟節。即皇帝位後，便將所有的儀節，能刪就刪、可免則免，一切從簡。結果，因為過簡，最後連起碼的威儀也蕩然無存；於是，但見堂堂朝廷中，不時有「群臣飲酒爭功，醉或妄呼」、甚至是「拔劍擊柱」等等荒腔走板之事。劉邦看了頭痛，一時間，又不知如何，於是，叔孫通便趁機進言：「臣願徵魯諸生，與臣弟子共起朝儀」。

就這樣，叔孫通去了魯地，徵召儒生三十餘人，準備重定朝儀、再建禮樂。結果，有兩位先生不僅拒絕，還當面羞辱了他。羞辱的要點：一、叔孫通「所事者，且（近乎）十主，皆面諛親貴」；換言之，叔孫通人格卑劣，毫無節操，他們不屑與之為伍。二、「禮樂所由起，積德百年而後可興也」，現今天下初定，遠遠還沒「積德」，叔孫通就急著制禮作樂；所制禮樂，必然「不合古」，必然是個贗品，因此，他們拒絕參與這麼一個「贗品工程」。說罷，他們還對叔孫通撂話：「公往矣，無汙我！」（你走吧，別髒了我！）

呵！有趣。

這第二點，當然是兩位儒學先生的迂腐。畢竟，禮樂養人；上自朝廷，下至萬民，禮樂本是最徹頭徹尾的教化之道；啥時能用，啥時就趕緊去用。正當天下初定、亟需教化時，此時不制禮樂，更待何時？禮樂本非點綴裝飾，而係天下之必需；既是必需，又焉能苦等「積德百年而後興」？誠然，在極古之時，禮樂確非一蹴可成，的確是「積德多年」而後興的；可是，當禮樂規模已成，後世大可不必慢慢摸索、一切重來，只需在舊有的基礎上因革損益、與時俱變，制定出合適當代的新禮樂即可。「五帝異樂，三王不同禮」，只要把握住禮樂的根本，所有的因革損益，都只證明了禮樂內在的活潑與彈性！

至於第一點，就有點麻煩了。

老實說，叔孫通所事，雖不至於「十主」，但掐指一算，的的確確，也包括了秦始皇、秦二世、項梁、楚懷王、項羽、劉邦，你算算，那不總共六人了嗎？短短數年內，所事多達六主，這當然不光彩。

可話說回來，在秦漢之際那急遽鼎革的時代裡，讀書人真要活得理直氣壯、光光彩彩，恐怕，多少有點困難吧！畢竟，亂世之中，更多是身不由己。有人選擇了進，有人則選擇了退。可進的前頭，必然是千荊萬棘；而退之同時，一樣也有著千迴與百轉。叔孫通是個儒者，用世之心極重，可算是打死不退；做為打死不退的儒者，他既不執、又不迂，也很少堅持尋常儒生所謂的「大是大非」。儒者不執不迂，便能成事，所以叔孫通開創得了一代禮儀，澤及後世哪！（因此，司馬遷道他是「漢家儒宗」。）然而，當他不堅持那些「大是大非」時，招謗受毀，就在所難免了。

早先，在秦始皇時，叔孫通原是個無關緊要的小角色。到了秦二世，依然只是個「待詔博士」，連正式的博士都談不上；只因看著形勢不對，急欲脫身，遂說了幾句逢迎秦二世的話兒；後來，果然脫了身，卻也從此留下話柄。後儒據此，總議論紛紛；不過，叔孫通顯然都不在意。待離開咸陽，輾轉到了楚營，先是項梁死，繼而懷王垮，後來在項羽底下，又知終難成事，因此，當劉邦兵入彭城，叔孫通沒啥猶豫，便率領了一班弟子投靠漢王。投漢之後，叔孫通不再東奔西竄，從此，死心塌地，緊緊就跟隨著劉邦。這一如酈食其在高陽當里監門吏時看盡天下豪傑獨獨見了劉邦眼睛才為之一亮，這也一如張良本要投效景駒卻中途碰著了劉邦從此就再無轉折，這更一如陳平先事魏後事楚再轉而事漢，歷經了這些波折，閱人無數的他們，都很清楚：劉邦這人慢而少禮、極其無賴，就別說有多少可恨之處了，但是，老實說，算來算去，他最可靠。

劉邦不喜儒生，甚至連儒生的衣冠也心生嫌惡。當時，只要「諸客冠儒冠來者，沛公輒解其冠，溲溺其中」，如此行徑，稍有「氣節」的儒者，當然無法忍受，必要拂袖而去的。張良與陳平，本黃老之徒，自然無此問題。至於酈食其，那回求見沛公，著儒服、冠儒冠，聞聽沛公不見儒生，便「瞋目按劍」，厲聲喝叱，「吾高陽酒徒也，非儒人也！」嘿嘿！果然是個沒人敢惹的「狂生」！著了儒服、戴了儒冠，卻自稱「酒徒」、「非儒人也」！如此不拘一格，讓人見識到，早期有某些儒者，的確是氣象非凡。不過，換成了叔孫通，卻連這不拘一格也都免了；那時，方知漢王不喜儒服，他半點沒考慮、全然不掙扎，當下就脫卸了儒服，直接改穿劉邦所習見的楚式短衣。

這樣的舉動，當然要引人非議；如此「見風轉舵」，也很難不被罵小人。可是，為了成事，叔孫通類似之迎合，還真不少。正因如此，廉潔之士對他多感不齒；後代純儒，也一直不屑於他。不過，這位看似無甚原則、沒啥堅持的叔孫先生，自始至終，倒耿耿於他的禮樂重建。這樁事，他看得比啥都重要；因此，逮住了機會，趕緊就做。真要說堅持，這是他最大的堅持；真要說大是大非，這也是他最在意的大是大非。他看重這事的程度，顯然遠遠超過他個人的名譽。事實上，但凡儒者，多半好名；因此，有人愛惜羽毛，有人則虛矯偽善；前者留得美名，後者則沽名釣譽；兩者雖迥然有別，但終難成事，則一也。名聲好與成事兒，古來難兩全；用世之心極重的叔孫通，當然只關心能否做得成事，至於別人怎麼罵他，譬如魯地兩位先生那樣的羞辱，他既不生氣，也不用官威壓人，更不用權勢整人，只是笑笑地說，「若（你們）真鄙儒也，不知時變！」

叔孫通這麼說，我猜，那儒生是聽不進去的。在他們眼裡，就算真的是「鄙儒」，至少，也比叔孫通這「偽儒」強得多吧！至於所謂的「知時變」，更不過是叔孫通「投機」與「見風轉舵」的遁詞罷了。憑良心講，我不覺得叔孫通有說這話的必要。多言，其實無益。然而，我真心喜歡叔孫通這麼笑笑地說話的風光。有此風光，便能成事。

堂堂漢家歲月

劉邦瞧不起儒生，不過，如果是夠厲害的讀書人，倒會例外。同樣地，多半的書生也不喜「無賴」劉季，但是，某些程度非常的讀書人，卻也例外。

讀書人易迂，讀書人易腐，不管是兩千年來一肚皮的仁義道德，抑或一百年來滿嘴巴的民主法治，這些人儘管時空殊異，但其內心焦灼、蒼生為念，一也；然其迂執不化、陳腐乏味，亦一也。承平治世，迂腐其實無妨；但天下干戈之際，豈容如此絮絮叨叨？因此，劉邦向來憎惡儒生，但有「冠儒冠來者」，毫不客氣，「輒解其冠，溲溺其中」。這「無賴」行徑，一般儒生當然難以忍受；他們多半抱持「士可殺，不可辱」的姿態，銜恨含怨，怏怏而去。

但是，有位酈老頭子，卻完全不然。

酈食其，當時六十好幾，聞聽劉邦素來狎侮儒生，既不恨，也不怨，唯「瞋目按劍」，高聲叱喝，「吾高陽酒徒也，非儒人也」。呵！這自居酒徒的儒生，當然不同凡響，酈食其既不迂，也不腐，而後遂堪大任。也因酈食其本非尋常，心量雄闊、視野高遠，所以他一眼就看出，天下洶洶，豪傑并起，獨獨只有那沛公，可成大事。

當時眼力更高的讀書人，還有個張良。張良運籌帷幄，決勝千里；好幾回，當著眾人面前，剖析形勢、取決策略，大家一聽，盡皆狐疑。可是，那沒啥學問的劉邦，忽忽一聽，便深知其好，當下，當斷即斷、該改就改，幾乎不假思索，便言聽計從。張良受業於黃石公，又一心從游赤松子，相貌還有如「婦人好女」；如此之人，與劉邦這等「呼盧喝雉」、「好酒及色」之徒，自然是大相逕庭。然而，也正因這樣的逕庭，游於天人的張良，才更清楚地看到劉邦的真本事，於是，他不禁詫異言道：「沛公殆天授」也！

所謂「天授」，當然是指劉邦的天才。劉邦的天才丰姿，眾所周知，最常表現在他的豁然大度。因此，每回處於險絕之境，譬如大家耳熟能詳的項羽烹太公之急，抑或韓信強索「假王」之危，那時，或者說，那一瞬間，劉邦總能不沾不滯，斷絕無謂的思慮，當下對應、瞬間轉換，其精準、其迅捷，都讓人不得不佩服，也讓人不得不驚嘆：「沛公殆天授」！

明明是天大之事，卻偏偏像個無事之人，這是劉邦的天才丰姿。然而，這等丰姿，在歷代打天下的豪傑身上，其實不時可見。劉邦，還不只如此。

那一回，劉邦慘敗；漢卒十餘萬，一時盡滅，「睢水為之不流」。劉邦受困，被項羽嚴嚴實實圍了三匝。所幸，沙塵暴忽從西北而至，楚軍因此壞散大亂，劉邦也才趁機脫困。兵敗後，一路狼狽，諸侯又紛紛叛去，回返關中，喘息未定，他卻既不驚慌，又不憂懼，隨即進行了兩樁看似不急之務的長久大計：定儲貳、修祭祀。新敗的劉邦，立後來的惠帝為太子，底定大位承繼，以安滿營將士之心；影響更深遠的是，他「令祠官祀天地、四方、上帝、山川，以時祀之」，如此祭天祀地，遂安天下人之心。

這樣的劉邦，就不只打天下，更是安天下；這樣的劉邦，就不只削平群雄的曠世英豪，更是規模宏遠的開國明君。「國之大事，唯祀與戎」，兵戎征伐，雖說難免，仍係不得已而為之的非常之事；祭天祀地，雖說平常，卻是維繫人心的長久之道。祭祀之事，一在感激自然，二在緬懷歷史。「祀天地、四方、上帝、山川」，這是感激自然。而後，劉邦東擊黥布的那年十一月，到了魯地，又以太牢祭祀孔子；十二月，下令凡秦皇帝及六國諸侯無後者，皆予五至廿家，專司守塚，世世代代，香火永祀；如此二事，則是歷史的緬懷。

人透過祭祀，在空間，能與天地山川相連結；在時間，可和歷史長河成為一體。有了祭祀，人知敬畏，人能虛心，人更可擴大。在祭祀的涵化之下，人雖有限，實亦無限。人頂上有天，腳下有地，旁邊更有著日月與山川；人上有列祖列宗，下有子子孫孫，年壽雖多不滿百，但都可以有著千秋與萬世。這樣的遼闊迢遠，這樣的悠悠人世，人當然不會只是一個孤獨的個體，更不會只是疏離無趣的寂寥身影。

正因如此，祭祀正，則人心正。「國之大事，唯祀與戎」，雖說儒生多不喜劉邦，但兵馬倥傯之際，劉邦卻做了儒者最企盼的端正人心之大事。劉邦一生，憑其豁然大度，打下了天下；又藉其宏遠規模，開創了堂堂四百年漢家歲月。「沛公殆天授」，豈是過譽？

其人如天

很奇怪，讀完《史記》的〈越王句踐世家〉，印象最深的，竟然不是句踐。

〈越王句踐世家〉前頭的兩卷，分別是〈晉世家〉與〈楚世家〉；緊接的後兩卷，則是〈鄭世家〉以及〈趙世家〉。可單單這卷，不稱〈越世家〉，卻道是〈越王句踐世家〉，蓋因越國僻處東南，本是個蕞爾小國，從來就無關緊要；直至句踐，才忽地躍上歷史舞台。句踐稱霸，乃春秋一樁大事；句踐復國，也早已膾炙人口；至於他「苦身焦思」、忍人所不能忍的本事，就甭提讓人有多佩服了。

可儘管如此，整卷〈越王句踐世家〉，真論精彩，卻在范蠡。

司馬遷寫范蠡，先寫他輔佐句踐，計謀全局。等二十餘年後，句踐不僅復國，且在徐州大會諸侯，完成霸業，范蠡遂功成身退，從此飄然遠颺。這樣地幡然轉身，古往今來，一直是最動人的身影。迨乘舟浮海之後，范蠡又修書給他的老朋友越大夫文種，起始十二字，「蜚鳥盡，良弓藏；狡兔死，走狗烹」，最是千古名句，也不知讓多少後人沉吟再三；接著，信中又對大夫文種明白指出，「越王為人長頸鳥喙，可與共患難，不可與共樂。子何不去？」

見書後，文種「稱病不朝」，並沒有毅然而去；換言之，他聽了范蠡的話，心有所動，卻沒採納建議。或許，還在猶豫吧！但並沒多久，句踐賜劍，於是，文種自殺。

走筆至此，《史記》接著敘述句踐後繼者之種種，也交代了日後越國的興衰。到這兒，這卷書，理應結束了。孰料，太史公竟來個回馬槍，逆鋒折筆，重新又寫起了范蠡。此事大有意思。

這樣地回鋒，這樣地起筆再寫，當然是因范蠡這人實實地太過厲害；不多記些，哪行呀?!

范蠡的厲害，在於他其人如天。

其人如天，因此，凡事可不沾不滯，可全無世俗人情的黏著與糾纏。因不黏著，故范蠡擅於迴身轉圜，最有能耐在關鍵時刻就啥也不猶豫地抽身而出，那乾淨俐落，簡直像甚麼事也沒發生過，嘖嘖!當范蠡為「上將軍」，句踐也霸業已成，理當享榮華、受富貴之際，他既不志得，也不意滿，更不貪不戀，只是心裡清清楚楚明明白白，「百花叢中過，片葉不沾身」，他像個無事之人，只自知「大名之下，難以久居」，又知「句踐為人可與同患，難與處安」，因此，二話不說，頭也不回地，立馬走人。

這一走，渡海赴齊，從此，改姓換名，「耕于海畔，苦身戮力」。不多久，非但營生致富，且更賢名遠播。齊人聞之，欲聘為相，范蠡只喟然嘆道：「居家則致千金，居官則至卿相，此布衣之極也。久受尊名，不祥。」於是，歸還相印，盡散其財，再次引去。

後頭那六字，「久受尊名，不祥」，最是了得。一方面，這是過來人說過來話；范蠡比誰都清楚，富貴榮華，到底是啥回事。可另方面，這又是他一向的生命高度；他向來站在天的角度看人觀世，於是，所有的成敗得失，他都有種異於常人甚至令人凜然的透徹與瞭然。

因此透徹與瞭然，於是，太史公在〈越王句踐世家〉的卷末，便用了忒長的篇幅，又詳細描述了陶朱公次子殺人的故事。

范蠡去齊之後，止於陶，「致貲累巨萬」，世稱陶朱公。其次子在楚地殺人被捕，陶朱公欲遣少子攜重金前往營救。怎奈，長子因愛弟心切，兼又責任心重，遂苦苦相請，甚至以死要挾，必要擔此重任。這時，其妻又一旁苦苦相勸，不得已，陶朱公只好放手，聽任長子赴楚。

長子赴楚之後，因自幼經歷艱苦，頗知生計之難，更知錢財來之不易，於是，對所攜之千鎰重金便多有珍重，甚至頗有吝惜。結果，正因這惜吝之心，惱怒了陶朱公請託之人，最終營救不成，遂只能帶著二弟的遺體回返陶地。（詳細經過，很精彩，請大家再翻翻《史記》。）

返陶後，「其母及邑人盡哀之」，獨獨陶朱公不然。陶朱公既不哀、也不戚，只笑著說：「吾固知必殺其弟也」；事實上，長子「非不愛其弟」，只因「少與我俱，見苦，為生難，故重棄財」；至於少子，則因「生而見我富」，「豈知財所從來？」故即使千鎰重金，都必然毫無惜吝地「輕棄之」。早先，之所以遣少子赴楚，正緣於「能棄財故也」；可這點，長男偏偏就斷乎難為，「故卒以殺其弟，事之理也，無足悲者」。

這「事之理也，無足悲者」，其清楚明白，已毫無黏著與糾纏；其不沾不滯，也全無情緒干擾，老實說，這也幾乎是不近人情了。可最後，「不近人情」的陶朱公，又撂了一句，「吾日夜固以望其喪之來也！」

吾日夜固以望其喪之來也？

會說出這話的人，他到底是站在怎麼樣的一種生命高度？

韓信之死

蜀後主建興五年，諸葛亮屯兵漢中，爾後七載，數度北伐，欲取關中，可不管怎麼努力，卻終告失敗。然而，就在那四百年之前，同樣從漢中取關中，劉邦一出兵，才數月，幾乎不費吹灰之力，便輕易底定全局。任誰都知道，諸葛亮乃不世出的「天下奇才」（對手司馬懿的評語）；如此「天下奇才」，用盡七年的漫長歲月，都完成不了這樁事，可那無賴劉邦，卻一下子忽地就搞定了，你說，這怪不怪?!

這「怪事」的關鍵，當然在於劉邦；此外，還有韓信。

當初，項羽因忌憚劉邦，不顧約定，逕封關中給三個秦降將；至於楚懷王早先的承諾：「先入定關中者王之」，項羽則掰了個說辭，硬將劉邦從關中改封至巴、蜀、漢中之地。劉邦挨了這記悶棍，無可如何，又不能發作，只好鬱鬱地前往漢中赴任。到了漢中，因蕭何力薦，遂拜韓信為大將。拜將禮畢，漢王問策於韓信。韓信於是剖析了項羽的「匹夫之勇」與「婦人之仁」，進而指出，項羽「名雖為霸，實失天下心」，儘管眼前不可一世，可事實上，「其強易弱」。反觀劉邦，因先前入關中的秋毫無犯、不驚不擾，早已盡得民心，因此，「大王失職入漢中，秦民無不恨者」；韓信於是斷言，在此形勢下，只要「大王舉而東（其實是北），三秦可傳檄而定也。」

一席話，說得漢王豁然開朗、茅塞頓開，真可謂，一語驚醒夢中人。於是，劉邦採韓信之策，部署北伐。不多久，韓信「明修棧道，暗度陳倉」，率兵進入關中。短短數月內，便將偌大的三秦之地，全數掃平；果真是，「傳檄而定也」。

因早先劉邦的基業，再加韓信的擘劃，他君臣二人，輕輕鬆鬆，便完成了日後諸葛亮窮七年之力都辦不到的事。然而，從漢中入關中，也不過是他君臣蓋世功業的起點。

不多久，韓信銜漢王之命，先渡河擊魏，再轉攻趙國，以區區數萬人，背水一戰，「拔趙幟、立漢幟」，大破趙軍二十萬，從此，「名聞海內、威震天下」。在此威名之下，韓信又遣使赴燕，果然，燕王懾於兵勢，「從風而靡」，不戰自降。再數月，漢王兵敗，馳入趙壁，盡奪韓信軍。同時，又令韓信糾合零散的趙兵，東擊齊國。於是，韓信率領一群烏合之眾，鼓行而東，不久，搖身一變，卻變成了堂堂之陣；才入齊境，便攻陷齊都，最後，又大敗齊、楚聯軍二十萬，先殺楚將龍且，後擄齊王田廣。於是，齊境全平。

平齊之後，韓信真可謂「功無二於天下」。一方面，他「功蓋天下」；可另一方面，他也「勇略震主」。自底定秦地以來，韓信花了兩年時間，接連著滅魏、破趙、平燕，最後，又以寡擊眾、以弱取強，輕易就打下了雄峙東方的齊國。如此功績，豈止是三分天下有其一？事實上，韓、趙、魏、齊、楚、燕、秦，堂堂七國之中，單單韓信所取，竟達五國！如此「戰必勝、攻必取」的煌煌勳業，即使不是曠世未有，至少也是震古鑠今了。然而，正當如此迅速攀上頂峰，又如此暴得大名之際，正如老子所說的，「禍兮福之所倚，福兮禍之所伏」，這時，韓信就多有不祥了。

不祥，當然來自於劉邦；不祥，亦來自於整個形勢；不祥，其實更來自於韓信自身。

先說劉邦。

劉邦重用韓信，隨時也提防著韓信，這是當然。韓信功績越高，劉邦疑忌也越深，此亦必然。重用與提防，功績與疑忌，本一體兩面、相生而相成。

後世讀者，但凡論及韓信之死，總一面倒地為其喊冤。韓信之冤，大體沒錯；劉邦有錯，亦是實情；世人同情弱者，更是美德。不過，若因此一味地鄙夷劉邦，那麼，即使不是昧於事實，至少，也是流於情緒。事實上，若真要不提防、不疑忌，除非，劉邦是個不思不想、沒心沒計的傻愣子，又除非，韓信是個深沉的智者或是修道之人。可惜，劉邦既不可能是個傻愣子，韓信也確實沒有張良般的智慧與進退之間的「綽綽然，有餘地」。於是，早在當年韓信破魏，漢王便「輒使人收其精兵」；也於是，劉邦兵敗馳入趙壁，急急就要盡奪韓信軍；又於是，項羽才兵敗垓下，一自刎，劉邦又馬上轉入齊王壁，襲奪了韓信大軍；再於是，劉邦甫即皇帝位，頭一樁事，便是把韓信從極緊要的齊地給調離開，再轉徙為楚王。不多久，劉邦又因有人上書舉告楚王謀反，欲擊韓信，可自忖，「兵不如楚精」、將又不及韓信，遂採陳平之計，「偽遊雲夢，會諸侯於陳」，果然，韓信來謁，劉邦遂令武士縛執之。這下子，劉邦心中最大的一塊石頭，總算落下，因此，「是日，大赦天下」。

再說客觀形勢。

韓信平齊之後，原本楚漢相爭、雙雄對峙的局面，幡然巨變。從此，韓信不僅自立齊王，更輕易就可左右全局。在此形勢下，開始有人勸他、有人盼他，有人慫恿他、有人蠱惑他，有人拉攏、有人吹捧。這些人，或勸他聯楚抗漢，或盼他自成局面；但總而言之，這一波波的聲音，都共同指向：韓信反漢。老實說，自韓信平齊以後，類似的聲音，恐怕，就再也沒停過了！其中，單單《史記》所載，詳詳細細，就記了三番兩次。頭一次，是武涉。那時，龍且新敗，項羽不僅頓失大將，更成受圍之勢；震恐之餘，遂遣武涉往說韓信。武涉強調，依眼下形勢，韓信「右投則漢王勝，左投則項王勝」，「二王之事，權在足下」。儘管韓信自認「與漢王為厚交」，一直竭心盡力，以助劉邦，可事實上，「項王今日亡，則次取足下」，一旦項王不存，韓信「終為之（劉邦）所擒矣」。因此，若為己謀，若為了長久打算，「何不反漢，與楚連和，參分天下王之？」

結果，韓信才婉謝了武涉，緊接著，又來了蒯通。蒯通乃齊國辯士，是個少見的狠角色。其言語銳利，雄辯滔滔，一字字、一句句，如銳刺、如利刃，俱命中肯綮，更直指核心。蒯通不僅剖析了整個形勢，更深觸韓信內心的隱微。辭鋒所及，將韓信早先的貌似堅定，瞬間瓦解。緊接著，又一而再、再而三，既撩且撥，撩撥得韓信心蕩神馳，忽地就躑躅徬徨了起來。蒯通「知天下權在韓信，欲為奇策而感動之」，不僅勸韓信「三分天下、鼎足而居」，更進一步指出，憑「足下（韓信）之賢聖，有甲兵之眾」，只要據齊而西，「為百姓請命」，不僅「天下風走而響應」，即使各路諸侯，也必將「相率而朝於齊矣！」相反地，韓信若是遲疑，不肯反漢，又不敢自立局面，一直屈居於「人臣之位」，那麼，以韓信「戴震主之威，挾不賞之功」，最後，就必然是「歸楚，楚人不信；歸漢，漢人震恐」，如此一來，豈不走向「功成身死」的絕路？聰明如韓信，又豈該自陷險境？

一席話，說得韓信膽戰心驚，於是，中心搖搖、莫知何往，頓時間，陷入了空前的長考。幾天後，蒯通又見韓信，再次催請速下決斷，否則，只要繼續猶豫、繼續踟躕，不僅錯失了良機，將來更必定取禍。「功者，難成而易敗；時者，難得而易失」，得失成敗，就這一念之間了！蒯通嘆息言道，「時乎時，不再來！」

是的，「時乎時，不再來！」

長考了數日，韓信沒做成決定；這回，聽蒯通再說，也沒更加清楚，反倒越發沉重，也越發惶恐！到頭來，他終究狐疑，終究下不了決心，也終究無法採納蒯通的意見。蒯通見他如此游移，深知韓信終將自毀，遂「詳（佯）狂為巫」，從此遠去。儘管如此，蒯通那如銳刺、如利刃的滔滔雄辯，從今往後，都將在韓信的耳畔繚繞著，更在韓信的心頭迴盪著。蒯通這番話，既撩撥著韓信隱而未顯的反意，又刺激著韓信招疑受忌之後的不平之心，最後，更成了韓信不斷自我暗示的預言（也可以說是咒語）。於是，雖說蒯通已蹤跡杳然，但他的言語，卻是日益明晰；他的預測，更一步步兌現成真了。

最後，來談韓信自身。

韓信不是梟雄，也不是狠心之人。你要他不擇手段，他辦不到；你要他割恩捨義，他更做不來。因此，真讓他辣手辣腳、不顧一切、豁出去造劉邦的反，可真是難上加難！想當年，韓信出身寒微，即使再大的侮辱、再多的委屈，他都不忿、不怒、不抗、不爭，多半，就是默默地走開。韓信這麼一個良善之人，向來厚道，也向來知恩必報。你看他與漂母「一飯千金」的故事，千古佳話哪！正因如此，韓信始終惦記著，當初他投身項羽，「官不過郎中，位不過執戟」，若非漢王驟然授予上將軍印、又予數萬兵眾，焉能有日後的赫赫功業？劉邦的知遇之恩，韓信豈能或忘？因此，不管是武涉，抑或是蒯通，韓信都認真而嚴肅地告訴他們，「夫（二聲）人深親信我，我倍（同背）之，不祥」、「漢王遇我甚厚，……吾豈可以鄉（同嚮）利倍義乎？」

這樣的厚道，當然是韓信的美德。事實上，韓信倘使能將這美德做得徹頭徹尾，他是可以免其不祥的。可惜，他雖厚道，卻不徹底。

不徹底，是因他自矜，也因他自伐。真正的厚道，不僅是「滴水之恩，湧泉以報」，更是顏回所說的「毋伐善、毋施勞」；兩者相較，前者淺，後者深；前者易，後者難。世間之人，不論施恩，或是受惠，能厚報者眾，能不矜者寡；世人總在意自己的付出，也在意自己的辛勞，能讓付出與辛勞過了就過了、不反過來成為心中負擔的，鮮矣！本來，回報容易，不矜難；唯有不矜不伐，生命才能有種不卑不亢的強大，也才能形成一種厚度，才能抗拒得了外來的種種機心。到頭來，即使各方多有算計，即使周圍心機重重，如此忠厚者，卻能以無心對多心、以不變應萬變，最後，仍可吉祥止止。韓信之所以遭遇不祥，正因他少了這種生命的厚度。

不矜者謙，不伐者讓；韓信離這樣的謙讓，其實迢遙。那時，韓信才一平齊，別人視他功高蓋世猶可，可他豈該妄自尊大、不顧劉邦感受、急急就自立齊王？劉邦正受圍滎陽，十萬火急，每天眼巴巴盼著韓信速速來援，豈知，盼呀盼，竟只盼著了一紙請立齊王的書信。劉邦拆了書、讀了信，一霎時，眼前盡是韓信不顧主上死活、一逕自矜自伐的身影。劉邦心想，這不是趁火打劫，是啥？當下，不禁怒火中燒，直接就想派兵攻打這「亂臣賊子」！

後來，因張良、陳平之諫，劉邦沒有鳴鼓攻之，也暫時止住怒火，成全了韓信的齊王之請。緊接著，便有武涉、蒯通等人，相繼來說韓信。儘管，在幾次的言語之間，韓信對劉邦溫情仍舊、感念依然，可是，當武涉、蒯通類似的鼓吹與慫恿三番兩次縈繞耳際時，韓信的內心深處，即使沒有滋生太多的反意，至少，也大大助長了原有的自矜自伐。事實上，頭一次武涉往說，韓信回絕得很是乾脆；可到了蒯通，便截然不同了。但見蒯通第一輪說罷，韓信猶能以情深義重的姿態予以婉拒；可到了第二輪說完，韓信卻開始沉吟，開始不停地心中翻攪。這一攪，攪得韓信原有的自矜自伐與隱而未顯的反逆之心開始混淆、開始不清不楚、開始界限模糊；從此，韓信即使不願反漢，至少，也想和劉邦分庭抗禮了！

因此，有了固陵之役。

楚漢歷經多年鏖兵，到了彼時，皆感不支，雙方遂相約以鴻溝為界，中分天下，各自退兵。然而，漢王才準備罷兵，張良卻以為不可，言道，此時楚軍，「兵罷（同疲）食盡」，不如趁此良機，繼續追擊，亡楚必矣。於是，劉邦召韓信等人會師合擊，擬一舉殲滅楚軍。結果，漢兵一路追至固陵，等著韓信來會；可再怎麼等候，韓信卻按兵不動，不肯如約前往。於是，項羽回擊，大破漢兵，劉邦急急退回壁中，「深塹而自守」。

固陵此役，明明已然約定，可直至項羽反攻，韓信卻仍不願出兵，眼睜睜就看著劉邦兵敗。這樣的舉動，劉邦當然氣憤，也懷恨在心，更急得跳腳，可是，又莫可奈何。張良倒一眼看出，韓信之坐視不管，與其說是想鼎足而三、坐收漁利，更不如說是趁此要挾、藉機勒索。老實說，韓信只不過是展現實力，叫個板罷了！韓信本非梟雄，也沒那勇氣當梟雄；明著反漢的鼎足而三之舉，他做不來。可是，韓信自矜、韓信自伐，韓信以為，他所受的封賞，與他的功高蓋世，並不相稱。因此，張良清楚，只要開足了價碼、封夠了土地，那麼，也不管約或不約，更不論君臣不君臣，屆時，韓信自然會大軍齊至、精銳盡出。

果然，劉邦才答應將陳地以東盡封齊王，韓信毫不遲疑，立馬便率領三十萬大軍，浩浩蕩蕩，與劉邦大會垓下。垓下之役，項王兵敗，旋即，烏江自刎。從此，多年的楚漢鏖兵，總算結束；劉邦與韓信的蓋世功業，也終於完成。然而，當二人大功告成、正風光得意之際，他們君臣的互信，卻早已蕩然無存！當初，韓信對武涉言道，漢王「解衣衣我、推食食我」，如此的溫情厚意，而今安在？後來，韓信又對蒯通說道，漢王厚恩，理應重報，「衣人之衣者，懷人之憂；食人之食者，死人之事」，說得如此真摯、如此誠懇，可到如今，恩情答報，竟都杳然，剩下的，就只是無限的唏噓了！

對劉邦而言，甭說甚麼「懷人之憂」、「死人之事」，單單自立齊王，那就是個勒索；尤其固陵要挾，那不是忘恩負義，是啥？這兩回，劉邦當然忿怒，只是形勢所逼，暫時隱忍罷了！而今，天下已定，他總算騰出手來，自然要好好「處理」這不顧君臣之義的傢伙！否則，誰知道這自矜自伐的韓信還會如何叫板？尤其，等劉邦百年之後，又有誰鎮得住這「功高蓋世」的齊王呢？於是，項羽一滅，劉邦便接連著出手了。他先襲奪齊王軍，又徙韓信為楚王，接著，再以巡狩為名，「會諸侯於陳」，欲趁韓信來謁，直接把他給抓了。可憐那韓信，初初猶不覺有異；直至高帝快到了陳地，他才意識到凶險，突然惶恐了起來。於是，心慌意亂之餘，竟起了衝動，「欲發兵反」。可想了想，「自度無罪」，應該是沒事，算了，還是「謁上」去吧！才想罷，停半晌，卻又仍然擔心被執受擒。於是，就這麼欲反欲謁、欲謁欲反，反反覆覆，游移不定，完全不似他在戰場上的果決善斷，可是，卻完全一如當時蒯通游說的忐忑難安。

忐忑了許久，終於，韓信提著鍾離昧的首級，「謁上」去了。鍾離昧是項羽的大將，論份量、論骨骾，除了龍且之外，就數他了。項羽失敗後，他亡命在外，最後，投奔素有交情的韓信；韓信也夠義氣，儘管朝廷下詔拘捕，仍置若罔聞，一直都藏匿著他。可這回，韓信在心慌意亂、反覆游移之際，終究拿他好友的頭顱來向劉邦示好了（鍾離昧被迫自剄前，大罵韓信：「公非長者！」）。結果，劉邦看著鍾離昧的頭顱，既不領情，更無欣喜，也不管韓信是輸誠、或示媚，也不論韓信是過卑、或過亢，總之，劉邦完全沒理會，直接下令武士，綁了韓信，置於後車，載回雒陽。

回雒陽後，劉邦赦其罪，貶為淮陰侯。換句話說，劉邦沒殺韓信。之所以不殺，或許，是擔心出手過重，易起連鎖反應，屆時，倘若一幫功臣人人自危，挺而走險，必然於天下不利。也或許，劉邦清楚，韓信罪不至死（或者說，只算有錯，不算有罪）；這次出手，挫挫他的驕矜、解解他的威脅，也就夠了，沒必要小題大作。更或許，正如韓信始終沒真的想反漢一樣，其實，劉邦也一直無意置韓信於死地。到了此時，他君臣二人，縱然有了罅裂，縱然失去了互信，可並沒有徹底翻臉，也沒有完全恩盡情絕。

事實上，如果因這次的挫折，韓信終於有了醒悟，終於有了自知之明，那麼，因禍得福，他所有的不祥，是可以從此結束的。劉邦與韓信這君臣一場，縱然有遺憾，卻仍瑕不掩瑜。可惜，這君臣佳話，終告破滅；韓信更大的不祥，才剛開始。

所有的不祥，追根究柢，總因闇於自知。韓信征戰沙場，一向以智取勝；看人觀世，也一直目光如炬。可嘆的是，這麼絕頂聰明之人，眼力所及，遍及四面與八方，獨獨自己，卻怎麼也看不清。受執被貶以來，淮陰侯總認為，所有問題的癥結，是劉邦「畏惡其能」。他並不清楚，在眼前的形勢下，他的自矜，才是箇中關鍵；他的在意己「能」，也才是最大的致命傷。自被拘之後，他只是更加不平、更加不滿，他「日夜怨望，居常鞅鞅（怏怏不樂）」，他「羞與絳（周勃）、灌（灌嬰）等列」。一回，韓信去了樊噲家裡，樊噲執禮甚恭，跪拜迎送；待走出樊府，韓信猶不忘倨傲地言道：真沒想到，今日竟會「與噲等為伍」！又一回，劉邦與韓信閑聊，談起了諸將高下，韓信一時忘情，猶夸夸其言、自矜其能，說劉邦「不過能將十萬」，至於自己，則是「多多而益善」！唉，這都甚麼時候了，還需要逞如此之「能」嗎？

是呀！這都甚麼時候了？韓信豈知，今夕何夕？自秦末大亂、楚漢鏖兵以來，或許，韓信已太習慣爭戰的亂局。在他的眼裡，儘管劉邦天下初定，卻仍可能如秦帝國般土崩瓦解，更極可能如項羽才一統天下馬上又天下皆反。換言之，憑他韓信的本事，若真要反，還不知鹿死誰手呢?!一向精於形勢的他，這回，在心緒撩亂之下，倒是徹底走了眼。於是，隨著不滿的與日俱增，「日夜怨望」又從未稍平，這時，在他心中潛藏的反意，就呼之欲出了。我想，自韓信被貶淮陰侯以來，每回鬱鬱難解，大概都要驀然想起蒯通。想起蒯通勸他趁早反漢，想起蒯通「功成身死」的預言，更想起蒯通最後的一聲嘆息，「時乎時，不再來！」

「時乎時，不再來！」區區這六字，既是提醒，也是咒語；既是撩撥，亦是催眠。結果，蒯通成了韓信眼中的先知，也成了韓信揮之不去的心魔。據《史記》所載，最後，韓信總算下了決心，決定「把握機會」、放手一搏。於是，他與陳豨約定，一個舉兵代地，一個起事長安；如此裡應外合，大事可望成矣。不多久，陳豨果然起兵，劉邦也率軍征代。至於韓信的密謀，卻才一開始，便事機洩漏。呂后接獲舉報，遂與蕭何共謀，賺韓信入宮，再令武士縛執之，斬於長樂宮鐘室。臨斬之前，韓信高聲言道：「吾悔不用蒯通之計，乃為兒女子所詐，豈非天哉？」

唉！韓信真該悔悟的，又豈是「不用蒯通之計」？

項羽殺人

讀《史記・項羽本紀》，真是一片刀光劍影。

項羽能殺、項羽善殺，若就一位大將軍、甚至單單只是一個劍手而言，項羽不僅震古鑠今，簡直就曠世未有。我讀到他殺人的某些畫面，常常眼睛一亮，不禁嘖嘖稱奇，更是嘆為觀止！然而，項羽好殺、項羽嗜殺，又尤其不知如何止殺，因此，他無法成為一個真正的王者。換句話說，項羽殺人，既快又狠，可惜，缺乏準頭。因既快又狠，所以項羽叱吒風雲、磊磊有英雄氣；可因沒個準頭，項羽遂只能抱憾失敗、驟然而亡。

先說快。

《史記》裡頭，項羽第一次出手，就是在會稽郡守的麾下，直接殺了他的頂頭上司會稽郡守。那時，應項梁之請，會稽郡守召項羽入內，郡守都還沒開口，更沒意識到凶險，項梁只使了個眼色，項羽便在眾目睽睽、卻都來不及反應之下，「拔劍斬守頭」。緊接著，項梁「持守頭，佩其印綬」，昂首闊步，步出大堂，「門下大驚擾亂」，於是，項羽又以雷霆之勢，再次揮劍，「所擊殺數十百人」。殺畢，一府之中，「皆慴伏，莫敢起」。

不久，類似的情形，是項羽又在上將軍宋義的帳中，直接斬了他的上司宋義。當時，項羽乃楚國次將，銜懷王之命，輔佐上將軍宋義赴趙援救。途中，二人因意見衝突，起了內鬨，在激烈的爭執後，宋義直接下令：若再有蠻橫執拗、力持異議、拒絕服從者，斬。結果，宋義都還沒採取行動，也沒認真設防，項羽便只是一如往常，大清早，「朝（朝見）上將軍宋義」，進入帳中，無視諸人，拔了劍，砉然一響，就逕「斬宋義頭」。於是，項羽拎著宋義頭顱，走出帳外，「諸將皆慴服，莫敢枝梧」。

就這麼砉然一響，項羽斬宋義的消息，忽地傳遍了諸侯之間。從此，項羽「威震楚國，名聞諸侯」。這時，剛剛出道一年多的項羽，也才二十六歲。

再說項羽殺人之狠。

〈項羽本紀〉裡，常出現一個「阬」字。當初，項羽才頭一回出兵，攻襄城，「襄城堅守不下」，數日後，終於攻破城池，項羽忿怒，索性，「皆阬之」。數年後，項羽行擊外黃，「外黃不下數日，已降，項王怒，悉令男子年十五以上詣東城，欲阬之」。這「阬」字，說開了，就是「陷之於坑，盡殺之」；若用現在的話說，則是全數活埋、一個不剩。自起兵以來，項羽一直就這樣地「阬」人成習、活埋無數。其中，規模很大的一回，是擊敗齊王田榮之後，項羽不僅燒夷了齊國城郭屋室，更「皆阬田榮降卒」。所阬的降卒，究竟數目多寡，史冊未載；可若以當時偌大的齊國來看，少說，十萬以上吧！至於規模更龐大、史冊也明白記載的，那是當年往關中的路上，項羽帶著幾個秦降將，這秦降將又率領著秦士卒，一路逶迤，浩浩蕩蕩，到了新安，項羽卻突然心生顧忌，起了殺心，於是，就在新安城南，一夜之間，「阬秦卒二十餘萬人」。

這樣的「阬」法，已不只是狠，更是徹徹底底失去準頭的極度發狠。尤其，項羽阬殺的，都還是已降之人，更別說數量又是如此駭人。當年，劉邦首入關中，諸將勸殺秦王子嬰，劉邦拒絕，理由是，「人已服降，又殺之，不祥」。項羽所犯的，正是這樣的不祥，而且，還是大大的不祥。

事實上，天下大亂之際，以戰止戰、以殺止殺，本天經地義。因此，戰必得戰、殺亦得殺，可是，不管再怎麼爭戰殺伐，箇中關鍵，仍在於一個「止」

字。畢竟，「兵者，不祥之器」，那原該「不得已而用之」。爭戰與殺伐，但凡沒有「不得已而用之」的自覺，如果不知煞車、無有個「止」字，那麼，大亂不僅不可能因此結束，相反地，更徹底的生靈塗炭，只會才剛剛開始。

不幸的是，項羽一旦發起狠來，就完全像個沒煞車的。頓時間，啥準頭都沒有。這時的項羽，已迥然不似平日的「見人恭敬慈愛，言語嘔嘔（溫和的樣子）；人有疾病，涕泣分食飲」（韓信所形容的項羽）。這時的項羽，只讓人鬧不明白：他究竟是個曠世英雄？或是個暴虐屠夫？更或者，他其實只是個控制不住自己、徹底任性的男孩呢？

項羽的發狠，還不只是對待降卒。項羽的毫無準頭，更不只是「阬」人，甚至，他還動輒「烹」人。那回，他進了關中、屠了咸陽，有說客因關中「阻山河四塞、地肥饒，可都以霸」，勸他定都於此。然而，項羽見秦宮室已然殘破，又一心想東歸故土，於是言道：「富貴不歸故鄉，如衣繡夜行，誰知之者？」說客遂譏諷他：「人言，楚人沐猴而冠耳，果然。」項羽才一聽聞，二話不說，就把這說客給「烹」了。

項羽這回「烹」人，當然是一時忿怒，瞬間發了狠。可畢竟，那說客確實是言語太過，以致取禍，也不能說是完全無辜。然而，後來一回，項羽又「烹」了王陵之母，這就真駭人聽聞、令人髮指了！

王陵是沛縣豪傑，不論身分與輩次，早先，都在劉邦之上；因此，秦末大亂以來，隔了許久，王陵才勉強投靠了劉邦。至於陵母，自遭項羽擄獲之後，一直就留置項營，以為人質。後來，王陵遣使探母，項羽則刻意安排座次，讓陵母居於上座，自己屈居下座，態度謙恭、言語和善，頗示招陵之意。結果，陵母送使者離營時，囑咐使者，從今往後，王陵務必好好追隨漢王，莫再三心二意，更莫再以她為念，遂自刎。這下子，項羽心計落空，惱怒之餘，全不顧剛剛才謙恭以待，也不顧陵母畢竟已然身亡，即使橫在眼前，明明就是一具屍體，他依然忿恨難消，遂將陵母又「烹」之。

在項羽多年之前，孟子曾說過：「不嗜殺人者能一之」；更早之前，老子也曾說道：「夫樂殺人者，則不可得志於天下矣」。孟子與老子，一儒一道；許多的事兒，他們未必一致；可這裡所談的，卻完全是同件事。他們說的，是天道。自古以來，人們總覺得天道渺茫；許多事情，到底有無因果報應，也著實讓人心生困惑。然而，當項羽以曠世未有的善殺與能殺，短短三年內，「分裂天下而封王侯」，後來，又因好殺、嗜殺、不知止殺，匆匆五年後，又「卒亡其國，身死東城」。由此觀之，天道雖看似渺茫，其實，依然是歷歷清楚的呀！

屠狗樊噲

徐州，果真是輻輳之地。十幾年前，我初到徐州，當晚，住火車站邊的旅店，一整夜，不時聽聞有列車出入聲隆隆作響。隔天清早，我四處閑逛。車站的附近，向來喧鬧，也多半雜遝，真說景色，其實也只能一般般。不過，走著走著，我卻見有許多攤位，或招牌、或簡單一張紅紙，上頭都寫著四個字；這四個字，真令來自台灣的我大感稀罕。

「沛縣狗肉」。

喫狗肉，對許多現代的都會人而言，不僅不慣，簡直就是不齒。我不會不齒，不過，我的確也不喫狗肉。可話雖如此，我依然清楚，徐州街頭這四個字，其實，是中原古風。

唐代以前，中原人喫狗肉之普遍，一如喫羊、喫豬，質言之，皆膳食也。當時的儀典明載，祭周公與孔子時，供桌上，必須「牲以犬」。更早之前，《孟子・梁惠王篇》也說：「雞豚『狗』彘之畜，無失其時，七十者，可以食肉」。換言之，在聖賢眼裡，狗是家畜；孟子當時的徐州，一如眼下，應也處處皆狗肉攤位。

不過，那時的徐州，還不標榜「沛縣狗肉」。

真要標榜「沛縣狗肉」，自然是劉邦興漢以後的事了。劉邦和他那群哥兒們，先從沛縣起事，繼而首入咸陽，最後又滅了項羽，從此，開啟四百年亮堂堂的大漢天下。這群哥兒們，平素就是在沛縣既鬥雞走狗又大啖狗肉的市井之人。其中，蕭何、曹參是個縣吏，夏侯嬰則在縣府開著公務車（「沛廄司御」），算是與官府沾得上邊；至於周勃，一向以「織薄曲（薄曲是以竹篾或葦篾編成的養蠶用具）為生」，有時則「為人吹簫給喪事」，可說是最底層的尋常百姓；除了周勃，出身如此卑微的，還另有樊噲；樊噲屠狗。

「沛縣狗肉」，除了與劉邦這群人息息相關之外，更直接的聯繫，是因屠狗樊噲嗎？

後人又常說：「仗義每為屠狗輩」。這說的，也是屠狗樊噲嗎？

樊噲最有名的故事，應是「鴻門宴」吧！那晌，在項王帳中，項莊屢屢舞劍，其意常在沛公；此時沛公，命懸一線，「身入湯火命如雞」，就端看項王如何一念之轉。帳外的樊噲，一聽形勢緊迫，頓時血湧氣衝，啥都不管，啥也不考慮，便「帶劍擁盾」，直闖軍門，定要入帳「與之同命」（和他們拼了）！帳外「交戟之衛士」，見樊噲闖來，紛紛以戟相擋，「欲止不內」，樊噲遂「側其盾以撞，衛士仆地」，於是，進入帳中，「瞋目視項王，頭髮上指，目眥盡裂」，其凶惡威猛，連素來「喑噁叱咤、千人皆廢」的項王都為之一驚，當下起身，「按劍而跽」。隨後，樊噲又當著眾人之面，張膽雄辯，言語滔滔；那慷慨、那激昂，瞬時之間，氣壓項王，最後，終脫沛公於虎口。呵！好個屠狗樊噲！「是日，微樊噲犇（同奔）入營誰讓項羽，沛公事幾殆！」（後來太史公的評論。微：若無；譙：今閩南語有「幹譙」一詞。）

是呀！當日若非樊噲挺身相護，後來沛公，又將如何？樊噲對於劉邦，不管是君臣道義，或是哥兒們的情義，數年之後，另有一回，其實又更動人。那時，劉邦已即皇帝位，先平韓信，再敉彭越，而後，另一位異姓王黥布又起兵造反。此刻，年邁的劉邦，卻是病重疴沉，完全不想見人；遂下令門衛：所有大臣，一概不見。因此，前後有十幾天，即使重臣如周勃、灌嬰等，都沒敢入禁中請示軍機。一夥的大臣，為了黥布之反，個個急得像熱鍋上的螞蟻，但是，也只能淨在宮外乾著急。後來，又是屠狗樊噲！但見他啥也不管，啥都不考慮，便「排闥直入」（闥，宮中小門），闖入禁中。迨進了宮，但見劉邦枕著宦官，孤伶伶，一人睡臥著；頓時間，樊噲悲從中起，遂流涕言道，「始陛下與臣等起豐、沛，定天下，何其壯也！」而今，天下已定，陛下「又何憊也！」現今「陛下病甚，大臣震恐」，朝廷之事，無以裁斷，陛下卻「不見臣等計事」，難道，就要孤伶伶地讓宦官這麼陪著離開人世嗎？（「顧獨與一宦者絕乎？」）陛下難道又忘了宦者趙高才剛剛毀掉秦朝之事嗎？（「陛下獨不見趙高之事乎？」）

一席話，說得粗粗魯魯，可是，那嗚咽之聲、那情深意重，卻直似後代那殺豬出身的張翼德對著比誰都還親的結義大哥劉玄德的說話口吻。張飛與劉備、樊噲與劉邦，同起布衣，情甚兄弟。張飛殺豬，樊噲屠狗，他們兩個，都是仗義之人。

樊噲的仗義，不僅對成者劉邦，也對敗者韓信。早先，韓信功蓋天下、威名赫赫，可才不久，卻以楚王之尊被拘受執，後再一貶，貶成了區區淮陰侯。淮陰侯落難後，從此「日夜怨望，居常鞅鞅」，也不屑與周勃、灌嬰等人同列。可事實上，周勃、灌嬰等人更壓根不願與韓信多相往來。畢竟，他們都是劉邦的鐵桿重臣，本來就對韓信不具好感，甚至是深懷敵意；此外，他們也清楚韓信的政治不正確，寧可保持些距離，也不願無端沾惹麻煩、蹚那渾水。

但是，樊噲不然。

樊噲深知韓信之冤，一向以來，更敬重他的曠世才能。而今，淮陰侯雖說落難，可畢竟仍是絕世英雄呀！因此，一回韓信來訪，樊噲聽聞，啥都不管，啥也不顧忌，便「跪拜送迎，言稱臣，曰：『大王乃肯臨臣！』」

這樣的姿態、這樣的言語，假若是當初韓信風風光光、無人敢攖其鋒時，自然，就是阿諛諂媚，就是逢迎奉承，也絲毫不足為道了。然而，這會兒韓信正當落難、已然失勢之時，樊噲能毫無顧忌，擺出如此姿態、道出如此言語，那麼，就是屠狗之輩的一腔真情了。

樊噲屠狗，張飛殺豬，兩個都是粗魯之人。粗魯之人，多不虛偽，多不掩飾，常常有種真性情。這樣的真性情，使他們逢人遇事，格外能仗義而為。因此，這樣的粗人，多半可愛；京劇裡的張飛，不僅可愛，好的架子花臉甚至還要演到幾分嫵媚。我但凡看張飛戲，都看得很開心。至於樊噲，嫵不嫵媚，倒不重要；重要的是，他貌似粗魯，實則粗中有細。別看他幾次挺身而為，似乎啥都可以豁得出去，但真遇到緊要之事，卻腦袋極為清楚，最是個明白之人。

當年，沛公首入咸陽，望著秦皇城的巍巍宮闕，興奮之餘，不禁心猿意馬；等進了宮中，見「宮室帷帳、狗馬重寶、婦女以千數」，更是目眩神馳，一心一意，就要入駐咸陽，「止宮休舍」。所幸，經左右力勸，劉邦才總算斷了此念，「封秦重寶財物府庫，還軍霸上」；換言之，除了蕭何因長久打算而盡收秦律令文書之外，整個咸陽皇城，劉邦完完全全，秋毫無犯、不驚不擾。這樣的秋毫無犯、不驚不擾，使得秦地人人心懷感激，成為日後劉邦收復關中、進而成就帝業的一大關鍵。有趣的是，早先劉邦一進咸陽，都還滿頭熱切、眼巴巴想進皇城「止宮休舍」時，頭一個在他身旁勸諫、大澆冷水的，倒不是深謀遠慮的留侯張良；張良因深謀遠慮，反而常常都不會是第一個出手。這第一時間就極力勸阻的，必須要有個熱心腸，兼又有份好眼力，沒錯，他就是屠狗樊噲。

「烹太公」與「踹小兒」

這天，我上彭滯儀的節目，談《史記‧高祖本紀》。節目開始前，滯儀問道，待會可以聊聊「烹太公」這事嗎？我反問她，要不要順道也提提劉邦踹小孩？

在許多人眼裡，劉邦這人不僅無賴，簡直就壞透了。尤其這兩事，算得上「鐵證如山」。正因如此，上回我到「鹿耕講堂」，一聊起劉邦，座中便有聽眾強烈質疑了我。

話說，「鹿耕講堂」是鹿港鎮的系列人文講座，頗具深度。鹿港雖已不復清代全盛時期的風華，可直至如今，依然文風鼎盛、人才輩出。「鹿耕講堂」的主持人，就是個有心之人。這且不提。那回，我到鹿港的前一天，剛剛在台北書院開講了《史記・高祖本紀》，因興致頗高，便在「鹿耕講堂」又提了劉邦。這時，我兀自講得高興，卻沒留心底下有位女士已然變臉變色；我越講，她臉色就越沉得難看。結果，到了討論時間，她終於忍不住以低沉而嫌惡的口吻問道：「你好像對劉邦很有好感？」

她的嫌惡，不單針對我，更是衝著劉邦。質言之，「恨烏及屋」罷了！她對劉邦的不滿，當然事出有因；在講座的現場，她就以鄙夷的神情提了劉邦最惡名昭彰的這樁事：「蹶兩兒，欲棄之」。

當時，劉邦兵出關中，率五路的諸侯軍，一舉攻下了楚都彭城。正當大肆慶功、「置酒高會」時，項羽忽從齊地回擊，以迅雷不及掩耳之勢，攻入彭城，大破漢軍，再一路追殺，最後，將劉邦嚴嚴實實地圍了三匝。此刻，一陣猛烈的沙塵暴突然自西北而起，「折木發屋，揚沙石，窈冥晝晦」，在這黑天暗地中，劉邦才僥倖地與數十騎逃遁而去。逃去的路上，劉邦折往沛縣，打算「收家室而西」；這同時，楚軍也派兵往沛，欲取劉邦家人為質。到了沛縣，漢王的家室，早已東奔西散，杳無蹤跡；劉邦只好繼續西逃，途中，恰恰遇到他的一雙兒女，「乃載行」。結果，才走了一段，忽聞楚騎追來，劉邦一急，便「推墮孝惠、魯元（後來的魯元長公主）車下」。太僕（王者的駕車官）夏侯嬰一看，急忙下車，「收載之」。於是，劉邦提腳再「蹶兩兒，欲棄之」，夏侯嬰不忍，只好再急急停車。「收載」之後，劉邦又踹，夏侯嬰則又停；「如是者三」。

就這麼三回，劉邦當然要惡名昭彰。於是，後代便不斷有人罵他「無情」，更說他「天性殘忍」。如此唾棄之聲，兩千年來，不絕於耳呀！因此，「鹿耕講堂」這女士的深惡痛絕，不僅合情，似乎也極為合理。

不過，面對類似的責罵，那無賴劉邦，可是一點兒都不在意。換言之，你罵了，其實也是白罵。反正，名聲一向不好的他，壓根就不關心這勞什子的名聲不名聲。所謂「人言可畏」，本來就與劉邦毫無干係。事實上，當年與他一塊打天下的陳平，未起事前，也是「一縣中盡笑其所為」；另外，還有一個叔孫通，名聲更差、爭議更多，甚至還有道貌岸然的儒生，當著面，直接就要叔孫通滾，免得玷汙了自己。（「公往矣，無汙我！」）

劉邦這幫人名聲都不好，也都不受這些流言蜚語所困擾；誰愛罵，就罵唄！反正，他們也不管。但正因如此，到了關鍵時刻，他們常常就不受俗情所執，也不拘拘於一般的情理，反而有種異於尋常的豁脫與清楚。一般人遭謗受譏，總要咨嗟憂傷、氣惱憔悴；一旦遭逢變故，更是五內沸然、倉皇莫知所以。可這時刻，但見劉邦一幫人冷冷靜靜地直面核心，該怎麼著、就怎麼著，清清爽爽，明白得很；正因如此，他們可成大事。

那回，項羽因戰況不利，一時心急，在慌亂之中，遂不擇手段，揚言把劉太公給烹了。面對如此「人倫慘事」，換成你我，定要不知所措的。可是，那無賴劉邦既不掙扎、也沒猶豫，更完全不擔心罵名，只是不假思索，嘻皮笑臉地說道，「幸分我一杯羹」。這時，項羽身旁的項伯，倒是一語道破：像劉邦這種「為天下者，不顧家，雖殺之無益」。正因「殺之無益」，殺了不僅白殺，反更添禍（當年項羽就因烹了王陵之母，才讓王陵橫了心，徹底反項，從此死心塌地地追隨劉邦）。於是，項羽無奈，也只好罷手。

事實上，凡事只要一掙扎、一猶豫，再好的心思、再良善的動機，多半，都會結了惡果、成了壞事。相反地，倘若不掙扎、不猶豫，看似沒心沒肺，最後，倒可能把人給救了。劉太公也幸虧有個常被他嫌棄、看來也不太孝順、更貌似沒啥心肝的無賴兒子劉邦，他的老命，不僅總算保住了，最後，還當了太上皇呢！

同樣地，劉邦「蹶兩兒，欲棄之」的舉動，乍看之下，當然是蠻橫殘忍、無理至極，可是，若真仔細玩味，倒也有些意思。

首先，這樣的舉動，誠如項伯所言，本來就是「為天下者，不顧家」。做為王者，身繫著天下安危；保住一己，與維護千萬人的身家性命，乃一而二、二而一之事；顧全自身生命，看似自私，其實卻是他的職責所在。當楚騎快追上時，劉邦若因顧念兒女，一徬徨、一猶豫，最後終究被執，其結果，必然全數被殺、無一倖免。況且，以項羽之暴虐衝動，更不知要株連多少無辜呢！（稍早，項羽敗秦，先於新安阬秦卒二十餘萬，繼而西屠咸陽；接著，擊潰齊王田榮，又「皆阬田榮降卒，係虜其老弱婦女」，所殘害者，其數難計呀！）

另方面，劉邦雖說「殘忍」，但這樣「蹶兩兒，欲棄之」，認真想來，卻最能留得住一雙兒女的小命。當時，他大腳一踹，除了保住自己之外，那孝惠與魯元二人，若非夏侯嬰死命「搶救」，必然要落入楚軍手中。可是，楚軍一旦取得了漢王家人，不管是早先的太公、呂后，抑或眼下的孝惠、魯元，都是為了留置楚營，以為人質。劉邦當然清楚，楚兵不管再怎麼膽大妄為，除非項羽首肯，否則，都不可能才一執之便逕殺之。畢竟，那不僅失去了一大籌碼，還會引來漢軍的同仇敵愾，反倒助長對方士氣，怎麼說，都划不來呀！

對劉邦而言，當時急急逃命，若能帶著一雙兒女順利脫險，自然最好。可是，若真不得已，的確也只能一腳踹開、先求自己活命了！至於那兩條小命，如果真成了人質，就屆時再傷腦筋吧！然而，劉邦又怎知，那忠心耿耿的夏侯嬰，雖說是沛縣故人，雖說自起兵之後始終一旁駕車、長相左右，可多年追隨下來，真到這節骨眼，卻完全搞不清楚狀況！可恨這老實的夏侯嬰，只因不捨，只因驚駭，兩眼緊盯著那兩個小兒，竟忘了速速載漢王脫險才是當下的唯一要務！結果，夏侯嬰不僅一回回將孩子「收載之」，最後，還乾脆讓兩個小兒緊緊抱住了他，死活都不讓劉邦再踹了。就在這千鈞一髮之際，你說，劉邦該怎麼辦？

「行欲斬嬰者十餘」！

據《史記・樊酈滕灌列傳》（「滕」是滕公，就是夏侯嬰）所載，當此千鈞一髮之際，既急又惱的劉邦，眼睜睜看著楚兵行將追上，夏侯嬰又一逕地自顧「搗亂」，在這慌亂之中，他「行欲斬嬰者十餘」！老實說，在這十萬火急之時，劉邦除了氣惱地頻頻揮劍（這當然是裝腔作勢，否則，何必揮十幾次呢？）、逼（外表是逼，其實是求呀！）那忠厚的夏侯嬰快快放手之外，也幾乎是無計可施了。畢竟，不管再怎麼著急、再怎麼惱怒，已然沒轍的劉邦，總不能連這駕車的太僕夏侯嬰也大腳一踹吧！

所幸，楚兵終究沒有追上，劉邦也僥倖逃回了關中。不多久，劉邦在滎陽收拾殘兵，重整旗鼓，擊退了來犯的楚軍；從此，項羽就再也無法逾此而西了。這時，劉邦喘息稍定，總算可鬆口氣。等這麼一回神，你猜，劉邦會怎麼處置那「搞不清楚狀況」的夏侯嬰呢？

答案是，「賜嬰食祈陽」。換句話說，劉邦把祈陽一地，賞賜給夏侯嬰做為食邑。呵呵！這賞賜，可真不小喲！

「拼爹」與「靠爸」

西安有份雜誌，問我「拼爹」的問題。台灣不說「拼爹」，說「靠爸」。

我倒想起，民國六年，毛澤東二十四歲，當時還是湖南第一師範的學生。那年暑日，夥同了友人蕭子升，分文未帶，僅靠著乞討，以叫化子的裝扮，行旅了湖南數縣。沿途中，也曾連續乞討了四、五家，都還未得一飽。每回問路，蕭子升因書香世家出身，放不下身段，總必要整整衣服、乾咳兩聲，然後開言；而且，問路時，也只挑大戶人家去問。毛澤東不然；毛在任何時間、任何地點遇見了任何人，或站、或坐、或蹲，不管啥樣，總可以暢談開懷；即使訪貧問苦，也能口角春風、親切如故。

毛出身農村，因此，沒蕭子升那樣的包袱。

毛這本領，近於劉邦。劉邦當年，一向就是「自監門戍卒，見之如舊」，才瞬間，便可與市井之人稍無隔閡的。這樣的無隔，借用朱天文的說法，是像個「即溶顆粒，當場溶於對方，溶於情境」；做為「即溶顆粒」，劉邦最驚人之處，是在於他既能「溶於市井走卒之間，又不可思議能溶入張良者流」。若純純粹粹聊聊天、談談話，甚至只是演演戲地搭個腔，這當然不難；可真要同時溶於市井走卒與張良者流這迥然有別的二者，老實說，極度不容易。正因極不容易，那聰明絕頂的張良，才會嘆息言道：「沛公殆天授！」

劉邦出身民間，又狀似無賴，更偶得天幸，因此，才修得這「即溶顆粒」的能耐。其中，民間的出身，是個基礎；這樣的基礎，使他有如禪僧所說的「體露金風」或者莊子所說的「渾沌」般地雨露風霜、天生地長，於是，日後逢人遇事，每每充滿了彈性；即使遭困受挫，也總能百折不撓。如此充滿彈性與百折不撓，使劉邦屢敗屢戰、屢仆屢起，心中毫不罣礙，總像個無事之人。這恰恰與他的對手項羽那樣地暴然而興又驟然而亡完完全全地相悖相反。遙想當日，項羽敗走，一路疾奔至烏江，那烏江的亭長正檥船（檥船：攏船靠岸）以待，只待渡過江水，項羽就可重回江東，徐圖再起。可是，項羽望著那一汪江水，想起那五年的霸業，再想起江東故土，頓覺百轉千迴，真要往前渡去，竟是舉步維艱、萬萬不能呀！「籍與江東子弟八千人，渡江而西，今無一人還，縱江東父兄憐而王我，我何面目見之？縱彼不言，籍獨不愧於心乎？」

是呀！項羽出身貴族，自有其身段，更有其面子問題。做為將軍世家之後，項羽當初才二十出頭，便已光芒萬丈；數年後，更「分裂天下而封王侯，政由羽出」。這樣地不可一世，轉眼間，卻只落得兵敗而逃。此時此刻，真讓他這樣地奔回江東，究竟顏面何在？看到父老，又有「何面目見之」呢？

是的，烏江邊的項羽，前思後想，除了自刎，確實也別無選擇了。換言之，他貴族出身的背景，固然使他有條件在極短時間內暴然而起，可到最後，如此出身的種種身段與面子問題，卻也將自己逼到無以轉圜。他的出身，造就了他，也毀掉了他。

所謂「拼爹」，或者，所謂「靠爸」，不也如此？

為君難，為臣不易
——劉邦與蕭何

漢之所以代楚而興，在於劉邦善用人，尤其，所謂的「建國三傑」。三人之中，張良是個明白人，蕭何則是個老實人。至於韓信，才情超群，誠千年不遇之豪傑也；可惜，論明白，他不如張良；若論老實，則又不及蕭何。

來說蕭何。

司馬遷說蕭何素來「恭謹」。是的，蕭何一向是個勤懇之人，辦事周密、仔細認真，兼又一片耿耿忠心。早在秦代，他任沛縣「主吏」，就是個模範公務員。劉邦起事後，蕭何總攬後勤工作，更是竭心盡力、毫不怠慢；他們君臣二人，一主一從，一前線一後方，可謂合作無間矣。早先，蕭何一進關中，啥都不管，便緊盯著那秦律令文書，盡收之；而後，到了漢中，他看準韓信槃槃大才、「國士無雙」，遂又極力舉薦；最後，在楚漢相持未決之際、「丁壯苦軍旅、老弱罷轉饟」之時，他更鎮撫關中、穩穩守住後方，然後再遣軍運糧，源源不絕以應劉邦。凡此三事，件件都對漢朝奠定四百年江山影響至深且鉅。於是，後來天下一統，朝廷議功，鄂君說蕭何所為，乃「萬世之功」；看似誇大，卻是實情。

這樣地勞苦功高，劉邦並不吝於答報。劉邦既定天下，論功行封時，便不顧那群征戰沙場的功臣的紛紛議論，不僅堅持封蕭何為「酇侯」、食邑甚多，還一定要讓他位次第一；除此之外，又特別恩賜「劍履上殿、入朝不趨」，可謂優禮至極了。

如此看來，他君臣二人，似乎是齊心協力；彼此關係，也算是一段佳話。然而，在〈蕭相國世家〉的後頭，蕭何卻有三次的「受疑遭忌」。這三回，到底該如何解讀，千百年來，爭論極多，也莫衷一是。司馬遷在後頭這番筆墨，毋寧是整篇〈蕭相國世家〉最引人入勝、也更使人玩味的精彩所在。

話說，這頭一回，楚漢雙方都還勝負難定，當時，遠在前線「冒矢石」、「暴衣露蓋」的劉邦，忽然動念，幾番派遣了使者回返關中慰問蕭何（「數使使勞苦丞相」）。蕭何見了使臣，絲毫不以為意，根本不把此事放在心上；他只是埋著頭，繼續忙著「漕運給軍」這些「正經事」。直至後來，有位鮑生，才提醒了他：漢王如此動作，顯然「有疑君心也」。於是，鮑生建議蕭何，趕緊派「子孫昆弟能勝兵者悉詣軍所」（把家裡所有可以從軍的後輩子孫統統送到前線），如此一來，「上必益信君」。結果，蕭何從之，劉邦大悅。

又隔八年，劉邦已即皇帝位，陳豨起兵，高祖率軍征伐。征伐的途中，韓信於長安「謀反」。這時，呂后與蕭何共謀，誅殺了淮陰侯韓信；韓信既誅，劉邦大喜，便「使使拜丞相何為相國」，加封五千戶食邑，不僅如此，還「令卒五百人、一都尉為相國衛」。於是，滿朝文武，紛紛來賀，獨獨有個召平來弔。召平警告蕭何，劉邦派兵防衛相府，既防著外頭，更防著裡頭；換言之，這樣的舉動，看似恩寵，實則是提防蕭何，蓋深有疑忌也。因此，召平勸蕭何「讓封勿受」，然後再「悉以家私財佐軍」。於是，蕭何從其計，高帝大悅。

這兩回，在劉邦心裡，到底疑忌已然多深，其實不得而知。是否真如外表所見，好像是眾人皆醉、唯有鮑、召二人獨醒？是不是只有他們兩位見微知著、精準讀出了劉邦的心術呢？但是，不管如何，他們的建議，總之是有助於蕭何的；更重要的是，如此建議，的確也吻合了蕭何恭謹忠厚的本性。

可是，到了第三回，卻徹底不然。那時，韓信死後的隔年，黥布反，高帝又率兵擊之，路途上，再度「數使使問相國何為」；蕭何一如既往，仍是悶著頭幹事，撫循百姓，「悉以所有佐軍」。這時，有位「心機深沉」的人士（《史記》只稱之為「客」，不像前兩回明寫著鮑生與召平），以聳動的口吻對蕭何言道：「君滅族不久矣！」（相較此言之勁爆，當初鮑生只說漢王「有疑君心也」，召平也只說「禍自此始矣」），理由是，相國鎮撫關中十多年，深得民心，直至如今，都仍「孳孳得民和」，如此這般，必然使高帝不安，也必然會疑忌相國「傾動關中」，所以，才會頻頻使使來問。蕭何一聽，當然惶恐，在極度不安之餘，便聽了該員之計，開始強買田地，開始與民爭利，也開始多做些失民心的事兒。結果，劉邦聞之，大喜。

儘管劉邦大喜，蕭何也把這「齷齪」事一件件做了，可這回，卻是大大地違逆了他的本性。《史記》言道，蕭何「置田宅必居窮處，為家不治垣屋」，自奉如此儉樸，真讓他強奪豪取，真讓他貪婪聚斂，怎麼做，都彆扭極了。而後，劉邦一回到長安，民眾便紛紛攔道請願，指控相國的訴狀便一份份呈了上來；劉邦拿著這些訴狀，滿臉笑意，要蕭何自己去向百姓道歉。這時，蕭何或許是忍不住了，也或許是自我防衛，更或許只是真情流露，反正，他一時忘情，三、兩句話，竟又回到他「愛民如子」的本色，忙不迭地又替百姓請命，請劉邦將上林苑廢棄的空地開放耕種，以解決長安百姓耕地不足的問題。

蕭何說得如此認真，可這麼一請，分明是前後矛盾，完全露了餡。結果，這可惱火了劉邦。劉邦當下大怒，「相國多受賈人財物，乃為請吾苑?!」遂直接將蕭何交付廷尉，「械繫之」。唉！君臣十多年，相識數十載，這頭一回，劉邦如此暴烈地對待他這一向的老同鄉、以前的老上司、後來的老臣子，旁人看來，自然會難受，也不免心生疑竇。於是，數日後，有位正直的王衛尉，便問了高帝，「相國何大罪，陛下繫之暴也?!」劉邦的答案是，蕭何不僅不知「有善歸主，有惡自與」，甚至還「自媚於民」，因此才將他「繫治之」。王衛尉一聽，便正正堂堂地勸高帝不必對相國多疑，畢竟，劉邦拒楚與率軍平陳豨、黥布多年，相國倘有非分之想，「當是時，相國守關中，搖足則關以西非陛下有也」，又何必今日再去收買人心呢？相國現今之所以貪奪民利，顯然是別有用意，也另有隱情呀！

劉邦聽罷，默然不樂，但隔了一會兒，便「使使持節赦出相國」。《史記》接著寫道：「相國年老，素恭謹，入，徒跣謝」。

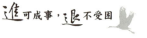

幾個月後，劉邦病逝，惠帝即位，蕭何續任相國。又兩年，蕭何病篤，惠帝「自臨視相國病」，並當面請教，來日誰人接任。待蕭何死後，後嗣曾因罪失侯，可漢家天子旋即「復求何後，封續酇侯」；漢武帝元狩年間，封蕭何的曾孫為酇侯，食邑二千四百戶；到了宣帝，續封蕭何玄孫酇二千戶。從此，蕭何之後，受封酇侯，世世代代，竟一直又延續到東漢末年。

如此看來，漢家天子與相國後人，前前後後，凡四百年，可謂全始全終，算得上千古佳話。但是，劉邦與蕭何呢？較諸鮑生與召平那兩回的隱而未顯，最後一次的「械繫之」，顯然已將雙方的緊張關係檯面化。從劉邦這次的舉動看來，似乎印證了他對蕭何的深懷疑忌。不過，我的問題是，這疑忌雖說必有，但是，是不是真的如外表看來的如此之甚呢？

未必吧！

畢竟，劉邦太了解蕭何了。他們自幼同住豐邑，尤其日後一個沛縣主吏、一個轄下亭長，往來多年，打了無數的交道，平素更極具交情（當年劉邦出差咸陽，蕭何資助他的金額，就比其他同僚都來得多）。憑兩人關係之深，再憑劉邦識人之精、直覺之強，又焉能不知，蕭何到底是甚等樣人？

再者，劉邦如果當真對蕭何極有疑忌，平時，自然會有一些佞幸之徒「逢君之惡」，或真或假地炮製一些不利於蕭何的傳聞（譬如當年韓信，就始終傳聞不斷）；可事實上，關於蕭何的類似傳聞，卻是聞所未聞。更重要的是，假若劉邦當真極有疑忌，自該多建耳目、時時偵伺才對，又哪有這般大張旗鼓地

「使使」來問？劉邦如此敲鑼打鼓地明著「疑忌」，顯然，是另有用意的。

劉邦這麼敲山震虎，又把蕭何「械繫之」，真正的原因，他永遠說不清，也永遠不願意說得清；但是，在他內心深處呢？一向無可無不可的他，隨著年歲越長，越不得不長久打算時，面對這位恭謹老實又必然要繼續輔佐惠帝的相國蕭何，究竟該維持一些提防呢？還是找些機會點撥呢？是該懼其坐大？或是防其驕矜？是該打壓折抑呢？或者說，說白了，也就是拉他一把呢？事實上，劉邦在尊禮與折抑之間，真正的用意，我們已極難揣度。只是，劉邦已然六十好幾，加上征戰多年的傷瘡痼疾，他當然明白，所剩時間不多了。為了眼前多有艱辛卻又一片明亮的大漢天下，為了太子，甚至也為了他這忠勤恭謹的相國蕭何，多多少少，依然得鋪一點路，得做些安排，不是嗎？

從咸陽大屠殺到新朝氣象

數年前，我頭一回由陝西進河南，從西安，經華陰，過了三門峽，在即將抵達洛陽前，高速路上，望見了新安一地的路標，我看著四周，張望了一會，於是，想起了項羽。

項羽戰無不勝，攻無不克，是個戰神哪！畢生赫赫戰役中，若論精彩、若論關鍵，必首推鉅鹿之役！彼時，項羽為了出兵救趙、解鉅鹿之圍，才剛剛和他的上司宋義發生了激烈爭執。數日之後，一清早，項羽朝見宋義，昂昂然，走入帳中，啥都沒說，啥也不猶豫，一劍揮下，便斬了上將軍宋義之頭。隨後，拎著宋義頭顱，昂昂然，步出帳外，諸將盡皆慴服，沒人敢有意見。項羽如此橫決，如此威猛，一時間，傳遍天下，從此，「威震楚國，名聞諸侯」。

殺了宋義，項羽引兵渡河救趙，遂有鉅鹿一役。那回，才渡河，項羽即下令「皆沉船」，「破釜甑，燒廬舍」，只「持三日糧，以示士卒必死，無一還心」。於是，楚兵人人爭先，「無不一以當十」，遂大破秦軍。當是時，「楚兵呼聲動天」，原來作壁上觀的十餘處諸侯軍，「無不人人惴恐」。秦軍既破，項羽召見諸侯將領；這群將領，一進轅門，「無不膝行而前，莫敢仰視」。從此，項羽號令天下諸侯將領；他的時代，於是開始。

鉅鹿之役後，秦軍動搖，不久，上將軍章邯派人約降。受降後，項羽揮師關中，以秦軍二十餘萬士卒前導，鼓行而西。大軍一路逶迤，行逾千里，到了新安，秦軍開始人心浮動；項羽聞聽，擔憂秦吏卒「其心不服，至關中不聽，事必危」，於是，與眾將謀，決議一了百了、阬殺了事，遂在新安城南，「楚軍夜擊，阬秦卒二十餘萬人」。

就這樣，秦士卒二十餘萬，一夜之間，盡被阬殺。可嘆那新安城南，天還沒亮，倏忽又新添了二十多萬屍骨！

二十多萬秦士卒殺罷，離了新安，不久，過函谷關，進關中，項羽遂「引兵西屠咸陽，殺秦降王子嬰，燒秦宮室，火三月不滅，收其貨寶婦女而東」。這一屠，到底屠了秦都多少人，史冊未載；若扣除擄走的婦女，那麼，數目驚人哪！項羽一入咸陽，咸陽人員盡亡、宮室盡毀，「所過無不殘破」，如此劫難，若喚之為「咸陽大屠殺」，恐怕，並不為過！

這樣地「咸陽大屠殺」，一來，是因項羽平素好殺，動輒屠城，所過之處，幾都殘破；這番到了秦都咸陽，只不過更酷烈、更徹底罷了！另方面，這次大屠殺，當然也因他對秦人素懷仇恨。昔日，楚懷王入秦不返，竟卒於秦；楚人哀之憐之，人人「如悲親戚」。尤其項氏一族，世世楚將；其祖項燕，當年為秦將王翦所戮；其叔項梁，後來又被秦將章邯所殺。以楚人性格之鮮烈，加以項羽無比之橫決，這回，殺進秦都，豈能不雪恥復仇、殺他個乾乾淨淨?!這正如當年伍子胥殺入郢都，替父報仇，即使「掘楚平王墓，出其尸，鞭之三百」，再怎麼倒行逆施，都毫不手軟；復仇心熾的他，必要做到最極致、最徹底，方可大快其心，才肯罷休。

楚人性格中，一直有種「寧為玉碎、不為瓦全」的激烈與浪漫。這樣的激烈與浪漫，不僅見於項羽、伍子胥的復仇故事，其實也表現在自沉汨羅江的屈原身上。或許，正因楚人一向決絕，楚人情緒的燃燒也一向熾烈，所以，早在當年秦滅六國，善言陰陽的楚南公就預言了來日的大復仇：「楚雖三戶，亡秦必楚！」

當然，這樣熾烈的復仇情緒，雖說楚人最甚，卻絕不僅見於楚人。譬如張良，他是韓人，早先，父祖「五世相韓」，秦滅韓後，張良懷著國仇家恨，血氣洶洶，一心一意，必要復仇；即使散盡家財，甚至「弟死不葬」，都定要買力士刺殺秦皇。於是，後來遂有那博浪沙百二十斤鐵椎的奮力一擊！

這沉沉的一擊，當然是年輕張良的血氣洶洶。然而，真要說血氣洶洶，在整個秦漢之際，又豈止張良？豈止項羽？老實說，當天下騷然、豪傑四起時，不論楚地、抑或韓地，即使是齊、趙、燕、魏，哪一處不心存雪恥復仇？又哪一地不盡是一條條的鐵錚錚漢子？

那麼，秦地呢？

秦一統天下時，秦人當然是勝利者，也是征服者，因此，秦地只有「被復仇」、「被雪恥」的份兒。可是，當秦帝國瓦解，秦軍兵敗，後來約降，條件談好了，該配合的配合，該前導的也前導，卻只因項羽一個念頭，於是，二十餘萬秦士卒一夕間盡被阬殺。尤其，後來秦王子嬰早已降於劉邦，劉邦一進咸陽，果然也無波無瀾、秋毫不犯，豈知，隨即項羽引兵西入，才進咸陽，便開始屠城，殺燒擄掠，無所不至，徹徹底底成了咸陽史上最大的一場浩劫。

先是新安大阬殺，後又咸陽大浩劫，較諸戰場間軍士的彼此殺戮，這兩回，顯然，都遠遠更讓秦人痛徹心扉、恨入骨髓。就這兩回，時移勢轉、主客易位，是不是，也該輪到秦人復仇了呢？

秦人質樸，不似楚人浪漫；他們沒有楚人的激烈以及瞬間的爆發力，卻特別有種剛毅與堅忍不拔。如果真要復仇，秦人會像最沉默且厚實的農夫一般，埋著頭，一步步，踩得踏踏實實，絕不凌空，也不蹈虛，好像笨，好像拙，可到後來，他們在安安靜靜中，該做到的，都會完全做到。

問題是：秦人復仇了嗎？

外表看來，似乎沒有。不過，楚漢後來相爭，每回交戰，劉邦皆敗；有幾次，甚至丟盔棄甲，就只帶了幾個親信逃遁而去。沒隔多久，劉邦卻重整旗鼓，隨即又兵威堂堂、軍陣皇皇。他這般屢仆屢起、屢敗屢戰，憑藉的，是甚麼？其實，劉邦最大的後盾，正是關中一地近乎無盡的支援。劉邦缺糧，秦人運糧；劉邦缺人，秦地補人。緊急時，甚至連「老弱未傅」，也統統上場。如此沒完沒了的徵兵徵糧，換成別地，恐怕，早已民變四起了；可關中一地，卻波瀾不驚、一片安寧。呵呵，這可怪了！

關中之所以成為劉邦最堅實的後盾，首先，當然得力於昔日入秦時，劉邦盡收人心；從那時起，八百里秦川，人人「唯恐沛公不為秦王」。其次，也要歸功於蕭何；蕭何留守關中，安之撫之，不驚不擾，同時，又對百姓廣施恩惠；秦地之人，既蒙其恩，又受其惠，當然要心中耿耿，必定感念的。

除此之外，還有其他原因嗎？

我想，秦人如此死心塌地的支持，更大的關鍵，仍在於他們內心深處的復仇之念！新安大阬殺、咸陽大浩劫，「新鬼煩冤舊鬼哭，天陰雨濕聲啾啾」，此仇此恨，豈能或忘？在秦人的眼裡，遠在前線的劉邦，不僅是漢王，更也是秦王。（前頭不也說了：關中人人「唯恐沛公不為『秦王』」？）換句話說，對關中子民而言，漢兵伐楚，不只是劉、項互爭天下，說到底，那更是秦人對楚人的雪恥復仇！從這角度來看，劉邦擊楚，就等於帶領著秦人復仇。既是復仇，再怎麼辛苦，秦人必都無怨無悔；既是復仇，再怎麼路途迢遙，秦人也必將一步步踩得踏踏實實，在安安靜靜中，該達成的，最後，都將達成。

於是，秦人復仇了。

可問題是：秦人復仇了，然後呢？難道，又該輪迴到楚人雪恥嗎？

這倒沒有。

一方面，這是緣於劉邦的寬大。古來征戰，殺戮難免；可是，對比於項羽的嗜殺，對比於項羽的嗔怒之心一旦發作便完全不可收拾，的確，劉邦是孟子所說的「不嗜殺人者能一之」，劉邦也是但能不殺就輕易不殺。尤其，當項羽兵敗自刎後，劉邦還慎重其事，以「魯公」之禮葬之，且「為發哀，泣之而去」，盡了禮數，也成全了心意。而後，劉邦既不株連，也不追究，「諸項氏枝屬，漢王皆不誅」，甚至還封了項氏四人為侯。有此寬大，才可能消弭得了仇恨。

另一方面，當年那復仇的輪迴之所以能戛然而止，更根柢的原因則是：天下一統的格局，已然完成。

有了大一統的格局，許多貌似不共戴天的冤仇，才有辦法慢慢化解得了。譬如，近代西方史上最著名的德、法世仇，許多年的冤冤相報，一次比一次酷烈，後來，只因二次大戰之後，西德與法國同時納入了冷戰體系的美國陣營，走進以美國為共主的一統格局；冷戰結束後，德、法又孜孜於歐盟的擴大與發展，成為邁向歐洲一統的兩大推手。如此一來，所謂世仇，才徹底成了歷史名詞。

也正因如此，當年劉邦滅楚後，如果依循著項羽路線，繼續分封諸侯，繼續維持戰國時代列強並立的格局，恐怕，不消多久，各國兼併乃至於雪恥復仇之事，必將紛紛再起。畢竟，只要是國家林立，多半就爭戰不已，這是事實。

話說，早在西周初年，小國甚多，可卻維持了長期的海晏河清。這一則是因周剛滅殷，周公又才完成東征，周王室力量強大，足以擔當天下共主的責任；更重要的是，自周公制禮作樂之後，透過宗法關係，將禮樂制度的天下觀與「王道」精神，滲透到了華夏各地。有此禮樂，有此天下觀與「王道」精神，便產生了比武力統合更綿長深遠的精神大一統。精神世界能大一統，周天子才能長長久久地綰合住天下諸侯。

到了平王東遷，周王室力量驟衰；周天子的共主地位，也名存實亡。可儘管如此，只因原來的禮樂尚未完全崩壞，早先的王綱也還沒徹底解紐，西周精神世界的大一統，至此雖然陵夷，可仍不無影響，於是，在春秋時代，即使各國傾軋不斷，卻鮮少有戰國時代普遍可見的激烈兼併，更沒有後來那種恣肆暴虐、讓無數人痛徹心扉的阬殺與屠城。

戰國激烈的兼併，造就了秦帝國的大一統。一次次的阬殺與屠城，則使秦帝國與後來的項羽都驟然而興又驟然而亡。到了劉邦，早在當年進入關中，丞相蕭何便盡收秦律令圖書；伐楚時，既不阬殺，也不屠城；滅楚後，他不依循項羽分立諸國的路線，但凡典章制度，雖「有所增益減損，大抵皆襲秦故」。換句話說，劉邦避免掉秦覆亡的前車之鑑，卻承繼了秦帝國的大一統格局。

在這武力一統的格局下，劉邦和那群開國者，憑其寬厚，開始與民休息，開始無為而治，開始慢慢養足了華夏民族的元氣。先是黃老，繼而儒家；先是採蕭何之議，恢復祭祀，「令祠官祀天地四方、上帝山川，以時祀之」，繼而依叔孫通之見，「采古禮，與秦儀雜就之」，一步步恢復了禮樂。劉邦這一幫人，又憑其大氣，慢慢恢復了華夏民族原有的天下觀與「王道」精神之下的心量與氣度，於是，那綿長深遠的精神大一統，就這樣自然而然地又重新喚醒。久違了！當這精神大一統再次出現時，所有殺戮與復仇的輪迴，都將戛然而止；所有歷史的仇恨，也必成為過去。當歷史翻過這一頁時，眼前開始有種明朗，有種亮煌煌；這就是人們所說的，新朝氣象。

太史公與孔子覿面相逢

《史記》的〈孔子世家〉，寫得好嗎？

歷代寫史，公認《史記》第一；歷代人物，也鮮少有人可與孔子相比肩。按理說，司馬遷寫孔子，等於是最極致地高手看高手、大師記大師，精彩可期呀！更何況，《史記》引《詩經》「高山仰止，景行行止」之句，表達了對孔子「雖不能至，然心嚮往之」的無比敬意。憑太史公過人的史才與史識，兼又對傳主無限之崇敬，如此〈孔子世家〉，焉能不好？

可怪的是，自某個年代以來，這卷書前半，亦即孔子周遊列國那十幾年以及更早時候的諸多記載，卻被一群學者大肆批評，且批評得近乎體無完膚。影響所及，後人遂逐漸輕忽這卷〈孔子世家〉，也慢慢對裡頭的記載多有生疏。於是，後來我寫《孔子隨喜》，援引了不少〈孔子世家〉的記載，許多雅好孔子的朋友讀之歆喜，但同時，卻又不禁訝異：有這等故事，我怎麼都沒聽過？

舉個例吧！

有一回，孔子前往衛國，途經蒲邑，恰逢公叔氏佔領蒲地以叛衛，於是，公叔氏堵住了孔子一行。此時，有弟子公良孺挺身而出，拔劍相鬭，拼搏之猛烈，讓蒲人頓時心驚，態度遂鬆軟了下來；最後，在蒲人要挾之下，雙方訂定盟約，約定孔子絕不可前往衛國，這才終於放行。結果，一出蒲地東門，孔子便完全不管啥盟約，頭也不回，就逕奔衛國而去。一旁的子貢，不禁困惑，問道：「盟約可棄而不守嗎？」（「盟可負邪？」）孔子回說：「如此要挾所訂的盟約，是連神明也完全不理會的！」（「要盟也，神不聽！」）到了衛國，衛靈公出城迎接，劈頭便問：「蒲可伐乎？」孔子的回答：「可！」

在台灣，許多人因受過四書教育，對孔子都熟。但這故事，你去問問，十個倒有八個未曾聽聞。《史記》是甚等樣書？孔子又是何等樣人？〈孔子世家〉記了這麼大一樁事，大家卻幾乎聞所未聞，你說，這怪不怪？

問題的癥結，在於有一批人壓根不信這樣的記載。他們質疑，「要盟神固不聽，然既許之，甫出而即背之，亦聖人之所為耶？」接著，又一口咬定：「此乃戰國人之所偽撰，非孔子之事」。類似的例子，在〈孔子世家〉一卷中，不勝枚舉，其中最有名的，大概就是「子見南子」吧！《論語》裡頭，明白記著孔子見南子，也明白寫了子路的不悅與孔子的回應，這當然不好否認。可真正見面的場景，《論語》沒寫，《史記》卻記載著：「夫人在絺帷中，孔子入門，北面稽首。夫人自帷中再拜，環珮玉聲璆然」，可如此一記，這批學者就不禁跳腳，忍不住高分貝質問：「不知史公何據而云然也？」更有人以近乎肅殺的口氣罵道：「馬遷誣聖，罪在難寬！」

呵！瞧這口氣！

就這樣，〈孔子世家〉的前半卷，這班人你一句「此誤說」、我一句「必無之事」、他一句「刪之可也」，偶爾，再傳出一聲厲喝：「何妄之甚！」嘿嘿！如此輪番重批之下，《史記》這卷書，遂成了幾無可信的不堪之作。於是乎，被批駁到面目全非的〈孔子世家〉，從此便為士林所邊緣化，慢慢也乏人問津；關心孔子的人，也開始不太讀此卷文字。原本精彩可期的高手看高手、大師記大師之作，竟淪落到與《史記》的盛名全然不相稱的尷尬地位，這可真是始料未及呀！

可問題是，他們罵得對嗎？

這麼說吧！如果，〈孔子世家〉果真寫得如此荒腔走板，按理說，早在《史記》成書之際，在漢代獨尊儒術的環境下，就該備受撻伐了才是。畢竟，漢代離春秋末年近，他們對孔子的印象，肯定比後人清楚許多；司馬遷倘真「恣意竄改」，又焉能逃過非議？況且，《史記》這書多少有些「政治不正確」，漢代士人也多視之為「謗書」，想在書裡挑刺的，恐怕是大有人在；《史記》裡的黃老氣味，又素來不為儒生所喜，因此，〈孔子世家〉假若錯謬百出，他們又豈能輕易放過？

結果，漢代固然有揚雄責備司馬遷「不與聖人同，是非頗謬於經」，又有人批評「《太史公》違戾《五經》，謬孔子言」，但這都只是大方向上的歧異，即使揚雄，都仍稱許司馬遷有「良史之才」，也佩服其「善序事理」，還說《史記》「其文直，其事核」，並沒有人直批〈孔子世家〉記載訛誤，更沒有後代那樣地逐條駁斥。

於是，到了南北朝，有裴駰作《史記集解》；到了唐代，又有司馬貞與張守節先後寫了《史記索隱》以及《史記正義》，在後人統稱的這「三家註」裡，此卷〈孔子世家〉，依然是一派海晏河清。三家的註解，既沒那麼多滔滔議論，也沒啥對太史公的詆毀與非難，純純粹粹，就是最尋常的補充與說明，讀了，只讓人覺得天清與地寧。

這樣的天清地寧，過了唐代，其實又維持許久。儘管有儒者始終對這卷〈孔子世家〉心懷不滿，但真正迎面痛擊的，卻是絕無僅有。直至清代的乾、嘉年間，先前近兩千年的清寧局面，才算徹底丕變。眾所周知，乾嘉之際的考據學問極其鼎盛，有一群學者竟日尋章摘句，戮力於典籍的考證與辨析。其中，有崔述、梁玉繩等人，對〈孔子世家〉意見極深，他們口誅筆伐，或呵或斥、或批或駁，一時間，如槍刺、如劍砍，幾乎把司馬遷那前半卷給抹殺殆盡。到了清末民初，疑古之風大盛，又有一群後繼學者，人數更多，聲勢更壯，但見他們紛紛援引崔、梁之見，慷慨激昂、批聲四起。在這群人轟然應和之下，對此卷書的嚴厲批判，駸駸然成了學界主流。於是，〈孔子世家〉宛如身陷十面埋伏，放眼望去，矢石如雨，從此危矣、殆矣！

〈孔子世家〉的慘遭圍剿，外表看來，是這些學者考據功夫了得，既擅於蒐羅，又長於耙梳，整理比對之後，抉隱發微，總算將司馬遷所犯的謬誤一一糾舉了出來。然而，這樣的圍剿，在骨子裡，卻只是假藉考證的手段，宣洩了儒者長久以來對司馬遷的不滿。如此考據，乍看持平，其實多有情緒語言；看似客觀，卻處處聞得到煙硝之味。

儒者對司馬遷不滿啥？

司馬遷好儒，可又喜愛黃老。偏偏打從漢朝起，就有儒生一直敵視黃老；越是純儒，排斥黃老就越深。這樣的排他性，自宋明以降，越演越烈；尤其明清已成正統的程朱理學，更動輒辟佛又辟老。當朱熹說「天不生仲尼，萬古如長夜」之時，一方面將孔子無限地神聖化，另方面又不斷視佛老為異端。理學家越將孔子絕對化，他們就越敵我分明，打擊異己也越不手軟。事實上，這些理學家平日極認真、極嚴肅，其為人之剛健，實實令人尊敬；其行事之正直，也不禁令人佩服。可他們過度以真理自居，只要面對異己，口氣就常無容赦。他們總自覺天下之美盡在於斯，其餘皆不足為觀，因此，極自負、好罵人，門戶之見也最深。但凡與人爭論，動輒無限上綱，輕易就流於意氣。他們雖標榜「群而不黨」，卻常常黨同伐異；雖強調「溫良恭儉讓」，卻比誰都容易忿忿不平。他們更一向以天下為己任，卻屢屢又最容不了天下之人。

這樣的理學氛圍，一直延續到清末民初；那一輩的考據學者，或多或少，都沾染了如此習氣。「不幸」的是，太史公恰恰與這拘閉的習氣離得最遠；他既愛儒，又喜黃老，如果活在後代，肯定也對佛教多有好感。太史公胸羅萬物，喜多愛廣，啥事都有興味，啥人也多有喜愛，甚至，連尋常儒者不屑一顧的遊俠、刺客者流，他也同其呼吸，多有愛惜，還情真意切地為其立傳。這樣的太史公，其眼裡的孔子，自然與一本正經而又拘閉排他的純儒大相逕庭。

太史公的視野遼闊，所立足處，其實是整個華夏文明最起始的源頭。換言之，司馬遷的格局，正是諸子百家尚未「多得一察焉以自好」、《莊子・天下篇》也還沒慨嘆「道術將為天下裂」之前中國文明原有的那種溥厚與渾然一體。因為這樣的溥厚與渾然，太史公既心儀《論語》所記的聖人，也喜歡《莊子》所說的孔子；其他諸如《禮記》、《列子》等等，他都心知其好，廣採博納，一筆筆、一條條，都仔細看了、認真讀了。若依純儒來看，孔子這些不同面向，不僅彼此矛盾，更是極大的扭曲。但對太史公而言，孔子如此的吞吐開闔與氣象萬千，才真讓人「高山仰止，景行行止」呀！

於是，太史公筆下的孔子，就是一個面貌豐富而又極度鮮活的真實人物。這樣的孔子，不僅是深湛於六經的恂恂儒者，更是個對未必同道之人（譬如老子）也多有禮敬的闊闊之人。他學識淵博，更極富生命經驗。他曾經犯錯，也不時猶疑。年輕之時，曾有老子嚴厲批評過他；到了晚年，也還有弟子不客氣地質疑著他。孔子知禮守禮，又極嚴正，可與人相處，卻是一片和悅之氣。單單看孔門師徒的那一派興發，兩千多年後，我們都還忍不住想當當他的學生。孔子當年，就喜歡與各色人等說話。各地有諸侯，有賢大夫，有避世之人，有忠奸難定者，有備受爭議者，甚至偶有惡名昭彰者，都會想與孔子見一見，也和他多談談。孔子就這麼與世人聞風相悅，因此，他不閉鎖，更不排他。

孔子是非嚴明，卻從不拘泥。他的某些言行，即使聰明如子貢，一時間，都不免會多有疑惑。畢竟，孔子太大；太大的人，就不好懂。因此，孔子雖說備受尊崇，卻也經常受到誤解；許多人歡迎他，但也不少人疑忌他；他曾經風光過，也幾度狼狽過。《史記》寫孔子狼狽的模樣，很可愛的。《史記》又寫孔子的數度遭困受厄，甚至險些沒命，也都寫得非常動人。孔子畢生最在意人世間的大信，但前述在蒲地所訂的盟約，他卻完全不縈心懷。因為，孔子凡事擒得住，也脫得開，所以，他從心所欲，不逾矩。

司馬遷正是一個擒得住又脫得開的厲害角色。大致說來，擒得住，是人道；脫得開，則是天道。太史公「通天人之際」，可後儒少有如此本領，便覺得司馬遷寫的孔子多半可疑，後來，又漸漸轉成了憎惡。乾嘉以來，儒者在這樣的憎惡情緒下，藉著考據之名，一步步把〈孔子世家〉打趴了；但弔詭的是，這批神聖崇高的儒者所建構的「孔家店」，在五四之後，旋即也土崩瓦解了。五四的「打倒孔家店」，雖音聲清亮，多有朝氣，但是，的確也冤枉了不少真正了不起的儒者。至少，孔子就絕對不是「孔家店」那種拘閉而酸腐的模樣。不信，大家去讀讀〈孔子世家〉！

安身立命

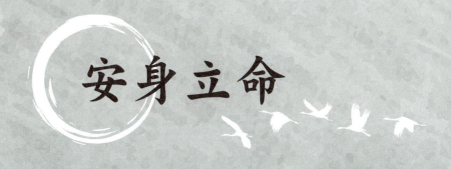

進可成事，退不受困

壹

今年九月十四日，我在台北書院開講《史記》，第一講，講〈高祖本紀〉。隔天，又轉去鹿港的鹿耕講堂談《論語》；談著談著，也提起了劉邦。後來，到了提問時間，針對這點，有位女士略帶嫌惡、頗不以為然地質疑我：

「你似乎對劉邦很有好感？」

嘿嘿！的確如此。

這樣的好感，證據之一，就在於我家的小兒薛朴。薛朴今年八歲，這兩年多來，天天背書，當他反覆背完《論語》、《唐詩三百首》數遍之後，我想了想，再下來，要背啥？後來，我對他說，背背〈高祖本紀〉吧！〈高祖本紀〉全文一萬多字，不僅長，也不好背，結果，薛朴從頭到尾，還是結結實實地背了兩遍。

為甚麼要背〈高祖本紀〉？一方面，當然是太史公的文章了得，不僅形神兼備，還更勾魂攝魄；如此汪洋閎肆又有血有肉的大塊文章，背了，肯定有益。再者，更要緊的是，薛朴雖說可愛，也很有喜氣，可卻常常在枝微末節上斤斤計較，顯得小氣。讓他讀讀劉邦，看看別人是怎麼豁達、又怎麼大氣，或許，會有點見賢思齊之效吧！

真要說豁達大氣，其實，從古至今，民間一直都有這樣的人，劉邦只不過更徹底罷了！我讀《史記》，常訝異司馬遷筆下的劉邦，其神情、其舉止、其說話的氣口，怎麼和我南部老家茄萣的討海人如此相似？換言之，兩千多年來，不管是當初的沛縣，或是而今的茄萣，民間之人的種種情性，其實，所變不多。自古以來，民間一直都有這樣的豁達與大氣，因此，他們凡事看得開，他們的韌性極頑強，每逢劫難，他們就度得了災，也解得了厄。正因民間如此情性，所以，中國文明一向以來，只有亡國家，沒有亡天下。

中國的讀書人，向來以天下為己任；可事實上，真正維繫天下文明於不墜的，卻往往是廣大深闊的中國民間。正因如此，那天我在台北書院開宗明義說，除了儒釋道三家，真要談中國文化，還得加上民間的種種，才可庶幾完整。這樣的民間，劉邦可算代表。

民間素來活潑，鮮有執著，某些出邊出沿的行徑，其調皮，簡直讓道學君子看了只能搖頭。那回，劉邦還是個泗水亭長，聞聽沛縣縣令有重客，往賀，「紿為謁曰：『賀萬錢』，實不持一錢」（在禮帖上寫著一萬錢，實際上卻分文未持），如此「招搖撞騙」後，進了大堂，又「狎侮諸客」，大剌剌坐了上座，全然「無所詘（同屈）」，既不客氣，也沒不安，完完全全，就是神情自若。

這樣的神情自若，從另一個角度看，當然狀似無賴。然而，也正因狀似無賴，後來的劉邦，才能在無數的殺伐征戰中屢挫不折、屢敗不亡。即使兵敗如山倒，好幾次逃命都逃到極狼狽、極不堪，可這灰頭土臉的無賴，卻能一下子轉身，便又神情自若，像個無事之人。這種瞬間轉化、瞬間解脫的本領，最極致的，恐怕還是那回：項羽「伏弩射中漢王，漢王傷胸」，就在間不容髮的當下，漢王「乃捫足曰：『虜中吾指！』」（劉邦一被項羽暗伏的弩箭射中胸部，就緊握住腳，哎呀一聲：「項賊射中了我的腳趾！」）

這樣的反應，憑良心講，已近乎特異功能。除了「天才」這俗濫至極的詞兒之外，恐怕，也找不到更恰當的字眼了。即使被箭射中，他都可以如此權謀；即使如此權謀，他也可以這麼調皮好玩。嘖嘖！再要緊的事兒、再不堪的時刻，那凡事「無所詘」、隨時都自在好玩的「無賴」之狀，正是劉邦的天才手姿。有這手姿，劉邦的一生，進可成事，退不受困。

貳

鹿耕講堂之後，隔了三天，我又到台東縣的一所小學，去對一群老師上課。類似的研習，在台灣現今的校園裡，多被教師視為畏途；大家幾乎都能避則避，能閃就閃，不然，就是消極以對。因為，研習大多無聊。無聊，其實是映現了台灣整體教育的空洞化。台灣二十年教改以來，因價值錯亂（披著「多元」的外衣進行與自身文化基因大相悖離的「全盤美化」），又因迷信標準化與規格化，遂導致整體教育空洞無趣如井然有序卻毫無個性的工業生產線。這樣的空洞化，使得許多老師碌碌終日，忙著開會、忙著填資料、忙著做報表，貌似為了教育而孜孜努力，實則盡是些無益於教育、甚至是反教育的無聊事兒。到頭來，盡是瞎忙。最後，老師越來越忙，學生反倒越來越差。可嘆的是，在這近乎崩盤的當下，往往越認真的老師，就越容易墜入空洞化的深淵；越負責的教師，也越容易被環境逼迫得進退失據。這些好老師，一個個深懷理想、充滿抱負，可是，最後的結果，卻常常：進難成事，退總受困。

那天，我對這群老師明白地說，眼下台灣的教育環境，其實還沒走到谷底；沒有最差，只有更差。既然環境不斷惡化，無聊的事兒更排山倒海而來，我們的時間與精力又何其有限，那麼，為了不蹉跎在這無聊事兒，為了找到著力點，為了保存些元氣，也為了讓自己「進可成事，退不受困」，首先，就必須摒棄許多好老師最大的「惡習」：凡事全力以赴！

凡事全力以赴是「惡習」？

是的，做事認真，本是件美德，然而，在當下台灣的環境裡，這樣的美德，卻極可能被徹底糟蹋掉。許多優秀的好老師，整天全力以赴，卻像隻無頭的蒼蠅、虛擲光陰於沒啥意思也沒啥意義的事兒，這樣的認真，不僅斷送掉了自己，其實也是整個社會最大的浪費！認真雖好，可若不知揀擇，就必定要誤人誤己，也必定是椿不折不扣的「惡習」。

世間之事，真該全力以赴者，其實有限。一則吾生也有涯，事也無涯，以有涯追無涯，殆矣！二則事有輕重、有緩急，有值、有不值，遇事知所揀擇，清楚該聚焦何處，本來，就是生命的一大功課。扣除那些真正要緊、也非做不可的事情之外，其餘，本該「從輕發落」即可（說得難聽、也說白了，就是敷衍馬虎、應付了事）。至於某些不做無妨、做了反而有害之事，在允許的範圍內，在不惹麻煩的前提下，甚至就該置若罔聞、假裝忘記；承辦人員若也心知肚明、不至於苦苦相催，那麼，就大可乾脆不做。如此一來，豈不皆大歡喜、功德無量?!

這樣地敷衍了事，這樣地假裝忘記，對許多好老師而言，當然是件極困難的事。畢竟，他們從小循規蹈矩、認真負責慣了，一夕之間，真要如此「使壞」，又豈是容易？而且，對他們而言，最大的困難，還不僅僅在於這敷衍了事與假裝忘記，更是在於「使壞」之後，又該如何沒負擔、無罣礙、甚至能一派輕鬆呢？

老實說，這問題確實棘手，任誰都很難幫得上忙。不過，我倒建議可以讀讀《史記》的〈高祖本紀〉。畢竟，劉邦「使壞」時，可真是毫無負擔、全沒罣礙呀！更重要的是，在秦末那樣遠比我們當代更不堪、也更進退兩難的亂世裡，劉邦的的確確做得到：進可成事（有誰比他成了更大的事？），退不受困（又有誰比他更不容易受困？）。換句話說，他那種凡事「無所詘」、隨時都神情自若又調皮好玩的「無賴」之狀，若換個角度看，若不急著嫌惡他，或許，就可以讀出些訊息，就可以獲得生命根柢的某些啟發。

甚至，我還有個遐想：除了讓老師讀讀〈高祖本紀〉之外，如果，進一步把這卷書也編進各級學校的教材，讓我們的年輕一代，從小至大，反覆讀之，好好領略劉邦那樣的豁達與大氣，或許，現今走入死胡同的台灣教育，就可能再獲生氣、重新聯繫上民間一向就有的活潑與自在，那麼，在這一波教育劫難之後，會不會因此度災解厄、峰迴路轉，又找到了真正的出口？

綽綽然，有餘地

兩千多年前，垓下突圍、疾走東城，最後，逃到烏江邊的，如果不是項羽，而是劉邦，那麼，結果又會如何？我想，烏江亭長若是檥船以待，喘息未定的劉邦，肯定顧不上換氣，二話不說，立馬便催請開船。萬一，這烏江亭長是個項羽粉絲，遲遲不肯渡劉；那麼，劉邦大概會使出渾身解數，或勸、或慰，或哄、或騙，如若不然，也可能是或搶、或奪，總之，必定要趕緊渡江不可。渡了江，劉邦既不憂思難遣，也沒躊躇不前，反正，只要保住色身，一切好說。勝負乃兵家常事，老實說，他輸慣了；輸得再慘，也不過，就是一敗。一路上，不管逃得多麼難堪，劉邦壓根沒放心上。因為，身段與面子，那是項羽的問題，他沒這種困擾。對劉邦而言，人生赤條條而來，赤條條而去；想這麼多，其實，是庸人自擾。

劉邦平民出身，是個無賴，當然可以赤條條而來、赤條條而去。然而，祖上世代為楚將的項羽，才一出生，他的周遭環境，他的生活氣息，便已讓身段與面子層層疊疊，都成了生命中不可或缺的一部分。別人可以不在意，可偏偏項羽就萬萬不能不在意。這樣的貴族出身，兼又年少暴得大名，幾乎就註定了他最後的結局：垓下突圍、疾走東城，到了烏江邊，思前想後、踟躕再三，然後，把自己，活活逼死。

是的，性格決定命運。對劉、項而言，迥然有別的出身，不僅決定了他們的性格，更預示了最終的命運。不過，貴族出身，或者說，世家子弟，儘管常常有類似的極難負荷的包袱，可是，這樣的背景，真的就只是包袱嗎？其實不然。在某些人身上，正因有此背景，反而才更有辦法成就某種極獨特又極有內蘊的生命特質。

譬如誰？

張良。

一般而言，世家子弟起手便高，他們有家學、有人脈、有資源，因此，容易成名，也容易成就一番事業。這理，大家清楚；箇中好處，任誰也都明白。但我要說的，不是這個。

張良的身上，有種生命特質，姑且名之，曰：「綽綽然，有餘地」。這樣的「綽綽然，有餘地」，固然與其天資、與其閱歷有關，但是，和他的貴族背景、世家身分，更脫離不了干係。

那時，劉邦滅楚，定天下，即皇帝位，開始論功行封。一分封，「群臣爭功，歲餘功不決」，都一年多了，還搞不定呢！當年封侯，眾人呶呶不休，日也爭、夜也爭，從沒個定論。然而，這一群功臣，面對曹參，倒是異口同聲，咸以為他「身被七十創，攻城略地，功最多，宜第一」。後來，曹參果然封了平陽侯，至於食邑，則有一萬零六百三十戶。換言之，萬戶之侯，大約，就是論功行封的極致吧！

可是，當天下甫定，張良連開口都沒有，劉邦倒主動說了：「運籌策帷帳中，決勝千里外，子房功也」，遂要張良「自擇齊三萬戶」，以為食邑。嘖嘖！在齊地隨意挑個三萬戶，那不等於「功最多，宜第一」的曹參的三倍嗎？是的，面對如此「浩蕩皇恩」，只見張良既不疾、亦不徐，從從容容，言道，「始臣起下邳，與上會留（在留地不期而會），此天以臣授陛下。陛下用臣計，幸而時中。臣願封留足矣，不敢當三萬戶」。一席話，說得極溫婉謙讓，又極情深意重，真真是「綽綽然，有餘地」；劉邦聽了，當然只能成全他，遂封張良為「留侯」。

食邑三萬戶，唉，那可是多少功臣連痴心妄想都不敢企及的呀！當時，為了位次、為了食邑多寡，這些平民出身的功臣汲汲營營、紛紛擾擾，或不滿、或不服，獨獨張良身在其中，卻像個局外之人。只見他風輕雲淡、一片清寂；別人夢寐以求的，他倒是寧可少，不願多。畢竟，「五世相韓」的貴族出身，張良甚麼榮華富貴沒見過？當年為秦所滅時，他家裡，還「家僮三百人」呢！富貴與榮華、功名與利祿，箇中的真假，裡頭的虛實，他豈能不明白？又焉能不清楚？「今以三寸舌，為帝者師，封萬戶，位列侯，此布衣之極，於良足矣！」如此自謂布衣，當然只是謙稱。張良如此謙沖抑讓、澹泊寧靜，除了他本來就是個異人之外，其實也因貴族出身，故而早早就看過、嚐過、經歷過人人嚮往的那些錦繡繁華；正因親身經歷過繁華，又親眼看見過繁華落盡，於是，在起落之間，他就比誰都從容；在取捨之際，更比誰都「綽綽然，有餘地」。

正因如此，同樣是捨，同樣是退，比起他人，張良也有更多的淡定與安然。譬如，當年范蠡辭別句踐，雖說醞釀極久，但真到了時候，卻只在剎那之間，便斬斷一切情緣，從此萬事不管，徹底遠走高飛。那樣地決絕，那樣地不留情面，固然極乾淨、極俐落，卻也讓越王句踐有種被剝光衣服、無所遁形的羞辱感，頓時之間，句踐惱羞成怒，原先潛藏的殺心，一下子便噴湧而出，遂公開要范蠡立即回返，「孤將與子分國而有之」，他更想說的話，則在後頭：「不然，將加誅于子！」

相較而言，張良卻是不同。劉邦雖然也殺功臣，可他與張良之間，從頭到尾，卻啥問題都沒有；但見君臣二人，多有揖讓，始終宛若賓主，一團和氣哪！於是，張良即使功成身退，也不給人壓力，更不讓人緊張；他只是不居功，只是謙沖澹泊，然後以一種若有似無、似無還有的姿態自自然然地淡出。早先，在扶漢興劉時，張良就舉止安詳；所有的作為，大化無形，宛若春雨潤物一般，悄然無聲。而後，待要幡然轉身時，張良安詳如故；即使揮手告別，也是既無風雨亦無晴，果真，一派天清地寧。

這天清地寧的張良，因家世顯赫，自幼起，見識所及，不論王公貴族，抑或奇人異士，所閱多矣。所閱既多，加上天資過人，因此，當年留地一會，張良憑其不世出的穿透力，一眼便看出劉邦的天才丰姿（「沛公殆天授！」），當下，更清楚劉邦的性格與為人。他很明白，今日劉邦，與當年句踐，其實不同；來日他要功成身退，也完全不必像范蠡那般激烈、那般劍拔弩張。

張良的從容，也得力於他們家「五世相韓」的特殊背景。眾所周知，戰國後期是個秩序陵夷、封建崩解的時代。在這樣的時代，張良父祖能如此長期為相（先後經歷了韓昭侯、韓宣惠王、韓襄哀王、韓釐王、韓悼惠王五個君主），顯然，必深諳君臣相與之道，否則，焉能久居此位？事實上，這君臣相與之道，或許才是張良最深刻也最具份量的家學淵源吧！比起他人，張良很早就明白，不管為君，或是為臣，雙方總有其限制，亦各有其難處。這些限制與難處，從小他聽多了，也看多了；因此，世家子弟的他，通透於世情，出入於人我；因此，聰明的他，對種種人性的幽微有著最如實的觀照（所以，極溫婉謙讓）與最細緻的體諒（所以，極情深意重）。他很清楚，為臣子者，若整天眼巴巴地期待主上聖明、廓然無私，這固然幼稚；可若一直揣想著國君如何狡詐陰險、凶狠殘酷，竟日把「狡兔死，走狗烹」這樣的話兒掛在嘴邊，其實，也不切實際。事實上，君有君道，臣有臣道，「為君不易，為臣難」，只有如實體會到彼此的限制與相互的難處，才可能真正不忮不求、不亢不卑，也才可能在進退之間「綽綽然，有餘地」。這樣的餘地，既可留給對方，更是留給自己。

做為一個明白人，張良永遠身在其中，也永遠像個局外之人；他像是置身局外，卻又最能掌握全局。他為人臣，最知君；他貴族出身，可又比誰都看得出平民出身的劉邦的能耐；他有著世家子弟最好的生命質地，卻也比誰都更能欣賞那種赤條條來去的無賴的強大生命力。如此張良，其眼力、其能耐、其氣度，又豈止「運籌策帷帳中，決勝千里外」這寥寥數言便能說道得盡？

其猶龍耶？

中國人好龍，尤其黃老。

大家知道，黃是黃帝，老是老子。黃帝多有龍之精神與力道，至於老子，則多似龍的似隱還現。

先說黃帝。黃帝一生開疆闢土，陽氣灼灼，「遷徙往來無常處，以師兵為營衛」，所到之處，東至於海、西至空桐、南至於江、北逐葷粥。他的行動力如此之大，兼又製作各種器物，確立了中華文明宏闊的規模，內外並舉、綱維並張，可真是精神滿滿！今日華夏子孫以黃帝為始祖，豈偶然哉？

黃帝如此飽滿的精神，到了老子，便開始更多地藏著、腌著，和光同塵，如愚如魯，絕不輕言外露。老子這一藏，含之蓄之，「綿綿若存」，既可長、又可久。含藏一久，蘊積便深，遂只待機而後動。因此，黃老之徒多知「機」，平時示人以柔弱（看來似乎有些「陰險」呢，呵呵！），「大直若屈，大巧若拙」，凡事隱隱約約、似有若無。但凡一出手，卻往往命中要害、一擊必殺。既已出手，旋即又藏鋒隱銳，若無其事，最後一切復歸寂然，空留一段故事供世人或狐疑、或嗟嘆、或尋常日子裡有番漁樵閑話罷了。這樣地神光離合、乍陰乍陽，若用最具體也最形象的字眼形容，那麼，就該是孔子所感慨的：「吾今日見老子，其猶龍耶？」

是的，老子這樣的形象，在數百年後，張良圯上偶遇的黃石老人，於司馬遷的妙筆之下，忽隱乍現，見首不見尾，不正也是「其猶龍耶？」當然，如此地無以名狀、難以捉摸，免不了要引來某些「認真」的文人學者的不以為然。譬如，清代的袁枚便曾批評，司馬遷寫的是「虛誕飄忽之文」；日本也有個學者中井積德，則是替後世讀者抱屈，說大家「皆受留侯之誑也」。

他們如此說法，似乎也言之成理。不過，他們豈知，以中國人之好龍，大家看這「虛誕飄忽」、大化無形的黃石公，恐怕，才更有趣呢！

事實上，對於「有無之間」、「色空之際」早有妙悟的華夏文明而言，黃石公這樣的若有若無，正是最大的真實。譬如孔子說：「敬鬼神而遠之」，又說：「祭神如神在」；這個「如」字，似有若無，說得最好。孔子當然不贊成迷信，卻也絕非所謂無神論者。孔子一生，極重祭祀；中國的祭祀，似宗教、非宗教；所以，古人大多信仰虔敬，卻鮮少宗教狂熱；既不虛無，又不犯傻。這就是受益於祭祀的那個「如」字。

正因深契「如」字三昧，故孔子也自詡「無可無不可」。這樣的「無可無不可」，就直通於黃老。有此相通，比起後世儒者，孔子自然是深閎壯闊、氣象萬千；也因有此相通，所以孔子要不遠千里問道於老子，佩服之餘，還忍不住讚嘆，老子猶龍。

凡黃老，皆好龍。後代有位黃老之徒，把龍的升隱自如說得極好：「龍能大能小，能升能隱。大則興雲吐霧，小則隱介藏形；升則飛騰於宇宙之間，隱則潛伏於波濤之內」；這說的，當然不僅是龍，更也是曹操自身。而這般綽綽乎乍隱似現之中，除了曹孟德，另一位高臥隆中、未出山前人稱「臥龍先生」的諸葛亮，那還需要說嗎？

遙想當日，劉備初見臥龍，草堂上，但見孔明「頭戴綸巾，身披鶴氅，飄飄然有神仙之概」；而今，京劇的舞台裡，孔明仍一逕地氣定神閑，也還穿著那麼一襲道袍。如此神仙氣概，固然與張良學辟穀、習導引術，欲「從赤松子游」的身影極為相仿，但臥龍先生未出茅廬，單單隆中一對便策定天下三分之本領，更與張良「運籌帷幄之中，制勝於無形」的能耐，同屬黃老之徒的補天身手。至於孔明當年身未升騰、便思退步的襟懷，與張良深諳「功遂身退」、迴身轉圜間無比之從容，則更是黃老的真正本色。

那時，劉備三顧茅廬，且苦苦相勸，乃至於淚沾袍袖、衣襟盡濕，諸葛亮感此誠意，遂慨然出山相助。出山時，這頭一件，便先囑咐其弟「可躬耕於此，勿得荒蕪田畝；待我功成之日，即當歸隱」。是的，身未升騰思退步。只可惜，淡泊寧靜如孔明，終究未能如願呀！可嘆他生不逢時，彼時彼刻，漢室氣數早已殆盡；努力再多，不過都是知其不可而為之，盡盡人事罷了！孔明所事之劉備，雖說一代雄主，氣度不凡；但就一個王者而言，仍稍嫌苦心太多、經營太甚；不僅少了些強敵曹操的跌宕自喜，更缺乏先祖劉邦那無可無不可的天才丰姿。王風有此不足，便終究難竟大事。至於劉備白帝城托孤，孔明萬不得已，只好鞠躬盡瘁、死而後已，終至「星落秋風五丈原」，那已是後話了。

相較而言，張良毋寧是幸運多了。在出山前，步游下邳，能在圯上與黃石老人相遇，一幸也；起事後，前往留城的路上，又碰到了劉邦，二幸也；迨死後數十載，再得司馬遷立傳，此三幸也。

請分別言之。

一般說來，黃老之徒少有師承，可張良偏偏卻遇見了黃石公。這一遇，重點不在於黃石公授以一冊《太公兵法》。真要說兵法，其實俯拾即是；古代書籍雖不普遍，但憑張良的家世背景，弄本兵書，想必不難。本來，「人能弘道，非道弘人」，關鍵不在於書，是在人。黃石公幾次「蓄意刁難」，乍然驚醒了孺子張良，恍惚中，張良憬然有悟，生命遂從此翻轉。這一點撥，大化無形，果真是黃老的絕妙身手！張良與黃石公幾番交手（當然也是幾次受教），不僅性情從此轉變，更親眼見到一個乍隱忽現、「其猶龍耶」的真正高人。那天子夜，黃石公將書交給張良，做番預言，然後，「遂去，無他言」，從此，「不復見」。黃石公這幡然轉身、飄然而去的身影，不正是對張良最深的教誨與最大的示現嗎？

十年後，張良起事。在投奔景駒的途中，無意間，遇著了劉邦。這一遇，張良就再也沒去見景駒，從此，便跟隨了劉邦。劉邦的形象，一向不好；大多數的讀書人，初逢乍見，總覺得他是個「無賴」，很不屑的；尤其「狷介」之士，更痛恨他的輕慢無禮。然而，張良豈是尋常？眼力又何只一般？憑著不世出的穿透力，他一眼看出，劉邦的吊兒郎當，其實蘊藏著連他自己也未必察覺的豐沛元氣；而散漫不經的外表下，骨子裡更有著犖犖獨絕的飽滿精神。尤其幾次的臨機決斷，都讓張良對劉邦的天才手姿驚訝不已，不禁嘆息：「沛公殆天授！」

同樣地，劉邦看張良，也完全是另具隻眼。劉邦一向好狎侮人，對啥人都隨隨便便，又忒愛四處謾罵。不管是對部屬、或來客，尤其是儒生文士，他都一貫地輕慢無禮。蕭何就曾說，劉邦即使「拜大將」，也「如呼小兒」。但如此劉邦，自始至終，卻一直對張良禮敬有加、不敢忞侮，此誠異事也。

這緣由，固然是張良計謀過人、言必有中，又屢助劉邦於危難。但張良那舉重若輕、經營天下如行於無事的精神氣度，恐怕，才更讓劉邦心折。最要緊的是，在劉邦眼裡，張良始終有種極特殊的身影。張良平日多病，又「狀貌如婦人好女」，總似真若假、似假還真地示人以柔弱。且他隨時隨地，似乎都可以不動聲色地幡然轉身，隨即飄然引去，正如當年沉沉夜色中黃石公驀然而現、忽又杳然而去一般。依劉邦看來，凡事不沾不滯、若即若離的張良，在出入之間、隱現之際，的確是自如的。因此，張良雖位屬臣下，卻實如客卿；他們君臣二人，更像是賓主歷然。二人既旗鼓相當，且又相得益彰；有此一遇，實乃奇緣。劉邦游於天人，是民間戲文常說的「真龍天子」；張良則時時透著仙氣，更像京劇裡魯肅讚嘆臥龍所說的：「真乃神人也！」劉邦遇著了張良，總算才見識到真正的高人，焉敢稍有怠慢？而張良見到了劉邦，也才有機緣騰空而上，宛如游龍般地在雲霧裡升隱自如了。

數十年後，何其有幸，又有個黃老之徒司馬遷把他們一一寫入了《史記》。司馬遷筆下的黃石公，似真若假，一片迷離；書中的劉邦，則讓人喜怒難定、愛憎未明；至於〈留侯世家〉，也在一片氤氳之氣、彷彿雲霧繚繞之中，令千載之後的讀史之人，不僅緬想不盡，更在恍惚之間，憬然有悟。是的，千言萬語，橫說豎說，要的，正是如此一悟。黃老教人，正如黃石公點撥張良，不重言教，也鮮少直接說理，要的，是如人飲水、冷暖自知，你得自己一悟。同樣地，黃老之徒司馬遷寫《史記》，筆法如「參駕六龍，遊戲雲端」，乍看縹緲，也貌似「虛誕飄忽」，但千百年來，卻一直最引人入勝，也最益人神思；讀者或是狐疑、或是嗟嘆、或是尋常日子裡閑話一番，但讀著讀著，突然在無意之間，心領神會，恍若有思，或許，便悟著了些甚麼。

讀書人讀劉邦

自古以來，劉邦名聲不算好。一般的讀書人，提起劉邦，總對這「無賴」多感不屑。如此情形，古今皆然；早在當年，陳平就對著劉邦直說：「大王慢而少禮，士廉節者不來」，廉潔之士，對他還真是倒盡胃口。即使日後大事已成，天下一統，都還有狷介的高士對劉邦「慢侮人」的惡行深惡痛絕，最後，竟憤而「逃匿山中，義不為漢臣」（譬如著名的「商山四皓」）。讀書人嫌惡至此，當然，是劉邦咎由自取。

不過，雖說讀書人（尤其廉潔狷介之士）與劉邦如此犯沖，但古人也曾言道，「好而知其惡，惡而知其美」，儘管劉邦如此可厭，卻仍有些長處，很可以讓這些讀書人借鏡的。譬如，劉邦知言。

「知言」看似容易，其實不然。孟子一書高談「知言、養氣」，談得精彩；然而，他老夫子是否真做得到「知言」二字，卻不無問題。我這麼說，道學家當然會不高興。不過，你看孟子雄辯滔滔、議論縱橫，很輕易就能將對方給壓倒；他所自詡的「知言」，其實更多是這樣的言語交鋒與論辯分析；但是，如果真的要做到「知言」，卻必定得先擅於聽人說話，再與人莫逆於心、相視而笑。這一點，孟子恐怕就很難做得到。我們讀《論語》，從孔子與時人言語之中的清風徐徐、一團和氣，看得出孔子的確善聽。孔子自言，「六十而耳順」，意思是，一聽別人說話，字字句句，知情解意，無有隔閡。如果聽人之言，可以聽到全然無隔，這就是「知言」。然而，我們讀了《孟子》全書，卻很難想像孟子可以如此和悅、如此安靜從容地聽人娓娓道來，更甭說與人莫逆於心、相視而笑。我們總覺得孟子急著要表達意見，也急著要說服別人。早在孟子當時，人們就質疑他過於好辯。好辯之人，其實離「知言」二字，多半遙遠。

至於劉邦，平日散漫，好狎侮，極無禮，不時就開口罵人（讀下一段，便可知）。表面看來，這似乎和孔子的清風徐徐、一團和氣大相逕庭。然而，真到了關鍵時刻，劉邦一旦認真起來，不僅無比正經、出奇冷靜，甚至比誰都還虛心。別人聽不進的，偏偏他就能；別人千阻萬隔的，他卻絲毫無隔，一下子就了了分明。這本領，就是知言。

譬如，那回劉邦受圍滎陽，形勢一片緊急，說時遲、那時快，韓信就在這會兒派遣了使者請立齊地「假王」；劉邦一聽，直覺是趁火打劫，不禁怒火中燒，當場大罵：「吾困於此，旦暮望若（你）來佐我，乃欲自立為王?!」陳平與張良一聽，知道這一罵，必誤大事，遂急忙「躡漢王足」，附耳上前，才幾句，劉邦馬上省悟，旋即又改口再罵：「大丈夫定諸侯，即為真王耳，何以假為？」

嘿嘿！在那般危急、那般盛怒之下，換成你我，可能虛心聽得進一旁的勸諫嗎？我們有辦法像劉邦如此不假思索、瞬間轉化嗎？

再譬如建都之事。當年劉邦滅項羽，即皇帝位後，本來就打算長駐雒陽，至於左右大臣，亦多主張定都於此。若按現代人「專制」或「民主」的想法，無論是獨裁，或是多數決，甭管怎麼說，似乎都該留在雒陽才是。豈料，只因張良一席話，分析得極中肯綮，句句在理，劉邦才聽，便頷首頻頻，於是，幡然轉變，完全不管對沛縣老家多麼魂牽夢縈，也不顧自己原先的想法，更不理會甚麼多數人的意見；他說改就改，毫不拖泥帶水，立馬遷都長安，「高帝即日駕，西都關中」（請注意「即日」二字）。這樣地果決，這樣地乾脆俐落，正緣於他知言的能耐。劉邦如此虛心，是骨子裡的虛心。這與他平常好說大話、吊兒郎當的模樣，看似完全矛盾，但事實上，卻是相反而相成。

與劉邦迥然有別、徹底顛倒的，當然是項羽。項羽平時，「見人恭敬慈愛，言語嘔嘔」，甚至「人有疾病，涕泣分食飲」，那模樣，簡直就是溫良恭儉讓。可是，同樣討論定都時，也有人力勸關中，但項羽卻啥都聽不進，只撂下一句，「富貴不歸故鄉，如衣繡夜行」，必定要回返彭城，任誰勸都沒用。這還不打緊。後來，有人看不過去，遂譏諷項羽急躁短視，有如「沐猴而冠」；項羽一聽，大怒，直接就把這人給「烹」了。如此殘暴，又如此執拗，如果對照他平日恭敬慈愛的姿態，當然也大有矛盾；但是，這的確也是相反而相成了。

與項羽不同、卻頗有相通的，是歷代某些「知書達禮」的讀書人。當然，他們不可能殘暴如項羽，但在骨子裡，卻常常有著項羽般的執拗。這些讀書人，平日貌似謙恭，也自詡虛心，甚至動輒標榜修養的功夫，可是，一旦到了緊要關頭，卻經常死咬不放，比誰都還偏執。如此偏執，多半緣於他們喜高言、好議論，總言語滔滔，輕易就可自圓其說，更不時會自我欺瞞。他們如果連自己都欺瞞得了，那麼，別人的言語，又怎能聽得進去？

這樣的偏執，更根柢的原因，是他們過度「是非清楚」與「善惡分明」。向來，他們總自居道德的制高點，一拗起來，儼然都成了真理與公義的化身，動不動，就標榜「自反而縮，雖千萬人吾往矣」。在這「大是大非」的旗幟下，他們當然要把自己的偏執解釋成「擇善固執」。於是，道德感越熾烈的讀書人，常常越偏執，也越難勸得動，更離「知言」二字越是遙遠。結果，我們就看得到，北宋有新舊黨爭，兩造的「道德君子」，總是各持己見，總是相互傾軋；他們都是廉潔之士，可他們也黨同伐異得最為徹底。因此，我們也看得到，清朝末年有群自詡「清流」的翁同龢者流，他們成日空談大義，成日譏彈幹實事的李鴻章；他們滿嘴天下國家，卻整天意氣用事。這些「君子」也好，「清流」也罷，一直都在「擇善固執」，但是，也一直都在誤人與誤己。

讀書人之狷介，本是可敬可佩；他們的道德感，更是美事一樁。但這可敬之美事，稍一不慎，卻可能淪為不自知的執拗。「擇善固執」與「執迷不悟」，本只一線之隔；熾烈的道德感與極度的偏執狂，原也只一步之遙。如何避免異化，其實是門極大的功課。如何學會真正的「知言」，更是每個讀書人都該面對的課題。孔子「六十而耳順」，境界確實高了些，一時之間，其實也難以企及。但至少，我們先放下原來的不屑，慢慢平心靜氣地參詳「無賴」劉邦，琢磨他「知言」的本領，這倒是個簡易的辦法！

韓信的姿態

換個人來寫〈淮陰侯列傳〉，他會怎麼下筆？

太史公寫人物，多有閑筆；幾樁軼事，寥寥數語，看似與此人「功業」無甚干係，實則卻頗有關聯。這樣的閑筆，一如當年言菊朋評劉寶全唱京韻大鼓，「似在板眼上，似不在板眼上」。數筆寥寥，虛虛實實，既有趣，又傳神，文章因此就搖曳生姿。史書寫得如此搖曳生姿，司馬遷是千古一人。後來的正史，因為官修，該認真處，未必全能較真；不該認真處，卻又常板著面孔、故作嚴謹。譬如讓他們寫項羽，恐怕就不覺得有必要費筆墨於虞姬與那匹烏騅馬。因此，他們不太能優遊於虛實，也未必能從容於有無，如此一來，文章便少了些鮮活與生氣。好文章是要在若有似無之中，也在離題與扣題之間，讓讀者恍然有思，忽有醒豁；讀著讀著，心頭頓時清澈了一些，彷彿也明白了些甚麼。《史記》的文章，便有這樣的份量。

我讀〈淮陰侯列傳〉，就特別喜歡司馬遷寫韓信尚未發跡、或者說、還沒登上歷史舞台之前，那些狼狽不堪的事兒。事實上，但凡《史記》裡「大」人物的種種不堪狼狽之事，我都愛看。譬如司馬遷寫〈孔子世家〉，老子當著面批評孔子，措辭之嚴厲，簡直是兩刃相交、無可躲閃；我一看，當下懸念，孔子可要如何應對呀！又後來，孔子遭危受難，落魄至極，「纍纍若喪家之狗」，自己都還笑了起來！這些「糗事」，《論語》著墨不多，後儒更刻意避而不談，可惜，這便錯過了一個更深刻也更有生氣的孔子。

我讀書，一向不求甚解；看古人，也一如觀我自身。讀到這些狼狽不堪時，常不免揣想：換成是我，我還能如此一笑嗎？

韓信的情形，倒是迥異於孔子。他未起之時，的確不堪；若比諸同樣混跡民間、未「上場」前也老被輕視的劉邦，至少，劉邦好歹還是個亭長，至於韓信，卻甚麼都不是。「貧無行，不得推擇為吏，又不能治生商賈」，如此看來，士、農、工、商，韓信竟是全無著落。劉邦「仁而愛人，喜施」，多少都還有些餘力幫幫別人；韓信卻「常從人寄食飲」，不時得仰仗他人接濟。讓人接濟，並不打緊；歷來豪傑未得志時，也常常受助於人；陳平當年未起，就先是仰仗兄長，後又靠著有錢的老婆。相較起來，韓信特殊的是，他在「從人寄食飲」之時，還會「人多厭之」。

這「人多厭之」，乍看之下，是別人嫌他窮，討厭他白喫白喝；譬如那位南昌亭長之妻早早把飯喫完、存心讓韓信撲空的舉動，多少，就有此心理。但是，除了這層淺顯的原因之外，韓信之所以會「人多厭之」，是不是還有其他的緣由？

於是，《史記》在南昌亭長之妻那事之後，緊接著，又寫了兩段故事。一是漂母飯信，另一則是胯下之辱。這兩樁事，都膾炙人口，也都值得再細細一看。

先說漂母。這漂母，乃慈悲之人。她基於同情，施捨數十日；韓信因此感激，遂言道，來日必將重報。這樣的話，其實合情合理，但是，漂母為何絲毫不領情，反倒帶著怒氣，回頭又教訓了韓信一頓呢？除了「大丈夫不能自食，吾哀王孫而進食，豈望報乎？」這樣的理由之外，漂母之所以發怒，是不是在言語之間，韓信有啥地方惹到了她？

再說胯下之辱。這整樁事，存心挑釁的「屠中少年」，當然是個痞子；一旁起鬨的那群人，也多是些無聊男子；至於韓信，當下他能「孰視之，俛出袴下蒲伏」，自然非常人所能為，了不起！但令人好奇的是，這件事發生在淮陰，韓信又是個淮陰本地人；韓信與這群人，原當識面已久；這群無聊男子看他「不順眼」，也絕非一朝一夕。換言之，韓信遭逢此事，並非純粹倒楣；若非純粹倒楣，那麼，除了這痞子口中所說的「若雖長大好帶刀劍，中情怯耳」（你雖然人高馬大又愛帶刀帶劍，但其實只是個膽小鬼）這很好笑的理由之外，我們不禁仍要一問，韓信到底又有啥地方礙著了他們？

事實上，甚麼樣的人，就會遇到甚麼樣的事。偶爾遇遇，當然可能是時運不濟，倒楣罷了！但若一而再、再而三，顯然就與此人的人格特質脫離不了干係。司馬遷連寫這三件事：「人多厭之」、感激人還遭怒罵、走在路上痞子也看他不慣，如此韓信，除了倒楣透頂之外，是不是，可能哪兒也出了問題？

我想，問題在於韓信有種特殊的姿態。

這姿態，源自於韓信才高。韓信領兵，「多多益善」；劉邦也說，「連百萬之軍，戰必勝、攻必取，吾不如韓信」；這樣的軍事天分，不只因韓信氣吞山河、暗噁叱咤，更緣於韓信對客觀形勢有著驚人的判斷能力。韓信是個明眼人，頭次與劉邦深談，分析項、劉長短，便句句命中要害，既精準，又深刻；他也明確指出，只要劉邦出兵關中，三秦必「可傳檄而定也」。（後來證明，千真萬確。）一席話，說得入情入理，也說得劉邦豁然開朗，心頭大喜，「自以為得信晚」。劉邦也因此明白，當初蕭何力薦韓信，說他是「國士無雙」，果然，半點不假。

這「國士無雙」的韓信，不僅才高，更素懷大志。韓信那特殊的姿態，更根柢的原因，正緣於他迥異於常人的壯懷遠志。《史記》說韓信，「雖為布衣時，其志與眾異」；尤其在他母親去世之後，即使窮得無力辦理喪葬，韓信仍一心一意，必要找個又高又寬敞的墳地，好讓來日墳旁容得下萬戶人家。為此，司馬遷特地探視了韓母墳地；一看，果真如此。

換言之，韓信的「鴻鵠之志」，其實早已昭然。他的槃槃大才，再加上志比天高，使得他即使寒微、即使落魄，都有著迥異於常人的自矜與自重。這樣的自矜自重，遂成了他未起之時那極特殊的姿態。於是，當他「從人寄食飲」，當他高言來日重報漂母，當他路上遇見那群痞子，很輕易、也很自然地，就流露出他那異於尋常的姿態。彼時彼刻，如此姿態，當然，非常刺眼。

這樣的姿態，認真說來，並非全然不好。事實上，正因有此自矜自重，故他寒微之時，雖說多有狼狽，實則滿蓄雲雷；又儘管貌似不堪，卻也處處留心、多有蘊積。也正因有此無與倫比的自矜自重，故他能忍人所不能忍，「勇於不敢」，遂有勇氣「俛出袴下蒲伏」。又幸虧有此姿態，故而當他「坐法當斬，其輩十三人皆已斬」之時，獨獨韓信仰視高言、倨傲依舊，遂引來滕公「奇其言、壯其貌」，最後才能「釋而不斬」，逃過此劫。更別說後來韓信位居大將，這般睥睨之姿，在引領三軍之際，也稱得上恰如其分！

但是，人生之事，本來就得失互見、禍福相倚。韓信如此姿態，偶爾為之，當然未嘗不好；但長此以往，過度當真，那就多有不吉了。未起之時，他的睥睨傲視，招來了「人多厭之」；待高居王位，不僅自矜，且更自伐，他一貫的輕蔑姿態，使劉邦多有顧忌，甚至連劉邦的左右，也人人「爭欲擊之」、「亟發兵坑豎子耳」。這樣地「人多厭之」，竟是從頭到尾，始終如一呀！

有道是，上山容易、下山難。韓信憑其雄才大略，「拔趙幟、立漢赤幟」，「不終朝，破趙二十萬」，轉眼間，又平齊、破楚，赫赫功業，真是「名聞海內、威震天下」。然而，才高志大的韓信，終其一生，睥天睨地、目空一切，儘管有絕世之本領，卻始終沒學會藏鋒隱銳，也不知如何持盈保泰，到了關鍵時刻，更沒有能力幡然轉身。於是，當他被執受貶，從楚王的高位掉落至淮陰侯時，便開始「日夜怨望，居常鞅鞅」，不時還以和周勃、灌嬰等人同列為恥。當他既「怨望」、又「鞅鞅」，卻仍然維持著刺眼的姿態時，那麼，最終的結局，就大勢底定了。

是的，上山容易、下山難。上山倚靠的，是才情與志氣；下山憑藉的，則是智慧與心量。才情極高者，稍不小心，常常就被自己的才情給緊緊束縛；志氣極大者，若無自覺，也不時要被自己的雄心大志給逼得無力轉圜。才情與志氣，可以是資糧，但也可以是最沉重的負荷。韓信是個明眼人，可從來都沒看清自己。他判斷客觀形勢，一向目光如炬；但一旦要回望自身，卻總被自己傲岸的姿態阻擋得只剩一片陰影。

我讀〈淮陰侯列傳〉，偶爾會想起自己年輕時。那晌，壓根就沒啥才情，可卻老愛擺出傲視群倫的姿態。尤其讀大學時，算得上是個不折不扣的憤青，動輒看這不慣、看那不起。待多年之後，我稍稍有了些自知之明，也總算清楚了自己的底細與斤兩，這時，回頭一望，看著當年莫名其妙的自矜與自伐，雖說可笑，但也不免心驚。於是，我重讀《史記》，再仔細看了〈淮陰侯列傳〉，這時，我所讀到的，又豈只是韓信的姿態？

「蕭規曹隨」之外的曹參

秦漢之際，若論厲害角色，你會想到誰？項羽、劉邦？那當然。張良、韓信、蕭何？建國三傑，名垂萬世，這也無庸置疑。陳平？嗯，既聰明，又有趣。范增？好個老頭兒，可惜，遇人不淑。除這幾位外，再來，你還會想到誰？

我想說曹參。

曹參？除了成語「蕭規曹隨」之外，許多人提起曹參，恐怕，就是一片模糊吧！這樣的模糊，其實一點兒沒錯，甚至，也可以說是對的。因為，曹參的厲害，正在於他的無所作為；曹參的了不起，也恰恰就因他無可稱述、難以形容。

然而，當年在歷史舞台的上半場，曹參其實是大有作為，也頗可一述的。他先是出將，而後才又入相。話說，當年的將軍曹參，征戰沙場，共打下了兩個國家，再平定一百二十二個縣，此外，又「得王二人、相三人、將軍六人，大莫敖、郡守、司馬、侯、御史各一人」，如此戰功，彪炳輝煌呀！同時，曹參在廝殺衝突之間、出生入死之際，還「身被七十創」。因此，在漢初封侯時，論及位次，那些立下汗馬功勞的大臣便紛紛力主曹參應位先蕭何，名列前茅；理由是：曹參披堅執銳，攻城掠地，「身被七十創」，可是，蕭何呢？

這樣的戰績，當然了不起。可如此功勳，雖說烜赫一時，但若置於歷史的長河中，卻影響有限。恐怕只需七、八十年，至多一、兩百年後，大概就沒幾個人會在意這樣的角色了。畢竟，真論決定性的戰功，那幾位異姓王如韓信、彭越等人，肯定都遠遠比曹參重要。但扣除最關鍵的韓信之外，即使彭越，在後人看來，也不過就是個次要角色，何況曹參？

換言之，這麼顯赫的戰功，畢竟只是一時之事；就長遠來說，將軍曹參，其實並沒那麼重要。但是，後半場的相國曹參，儘管無可稱述、難以形容，卻在歷史的長河中有著「光而不耀」的特殊份量。這份量在於：從相國曹參身上，我們總算可以具體地明白：甚麼叫做「無為而治」。

曹參為相，凡一十二年。相齊之初，厚聘膠西蓋公為師。禮敬之隆，甚至將堂堂相府正堂，都改成了供養蓋公的住宿處所；如此優禮，顯然是當時初初一見，蓋公三言兩語，便打到曹參要害，將他最關切之處都清楚點了出來。蓋公不僅提示曹參如何在齊地「安集百姓」，更指點曹參在漢初形勢下如何進退用藏。於是，蓋公為言黃老之道，既說人道，亦言天道；既言臣道，亦談君道。從此，曹參「如齊故俗」，一切因之循之，以清靜為本；他如江如海，也藏汙，也納垢，即使姦邪之人，亦容之蓄之，不驚不擾。九年之後，「齊國安集，大稱賢相」。同時，他雖位列開國功臣，卻以無名為令名；安穩沉靜，不落機巧。日後，劉邦對功臣多有猜忌，即使忠勤如蕭何，也一度受拘被執。可偏偏曹參從不受疑，亦不遭忌；他吉祥止止，連個事兒也沒有。

劉邦死後，又兩年，曹參繼蕭何為相，「舉事無所變更，一遵蕭何約束」。既無變更，自然不興不革，根本就無所事事。於是，屬下與群僚見曹參這般「日夜飲醇酒」，毫不作為，大都深感不妥、亟思勸諫。結果，一見曹參，才欲開口，曹參便招呼飲酒。喝一段落，想開口再言，曹參又頻頻勸飲。一飲再飲，最後酒醉而去，終究不得而言。曹參相漢，如此三年。後來，司馬遷在〈太史公自序〉中評曹參：「不變不革，黎庶攸寧」。曹參死後，百姓則歌曰：「蕭何為法，顜若畫一；曹參代之，守而勿失；載其清淨，民以寧一」。

這樣地「不變不革」與「守而勿失」，乍看之下，豈不容易？似乎，只需要竟日醇酒、沉緬其中，然後一切不管即可。但是，如果細細想來，卻又實實地不然。試想：任何人高居相位、總攬天下之際，可能會毫無興革嗎？畢竟，人多有私心，當官的更有權力欲望；位高權大如相國，隨便起個心念，天下都要為之震動；有興有革，一來可證明自身能力，二來不也彰顯了自己的份量？再者，人總有一己想法，也總有愛憎好惡，一步步走到相國高位，更免不了會有滿肚子的理想與抱負；新相上任，基於使命感，即使不覺得百廢待舉，至少也頗感處處有待改進。於是，在準備一展抱負之時，就必然有改革，也必然有更張，又怎麼可能徹底依循、毫無改變呢？

因此，曹參的「不變不革」，看似愚鈍，實則有莫大之智慧；他的竟日醇酒，貌似滑稽不經，但骨子裡，卻有一番深謀與遠慮。曹參之所以無所事事、毫不作為，固然有鑒於秦法過嚴過密，「父老苦秦苛法久矣」；也固然是因蕭何規模已定，「法令既明」；但是，關鍵仍在於曹參既明人道，亦明天道。他明乎天人，故不以一己私意扭曲天道。時勢若該休養生息，他就絕不妄加興革，也不隨意滋事。換言之，曹參面對天道時，可以將私心與權力欲望節制到近乎「無我」，也可以把愛憎好惡與理想抱負化除到近乎「無執」。就一般人而言，真要節制私心與權力欲，其實已不太容易；至於要去除理想與抱負的執著，則屬難上加難。但是，也唯有真做到如此，「不變不革」，才庶幾可能。

於是，曹參清靜無為，一切沿用舊章，緊接著，他只找「對」的人來做事。曹參從郡國之中，挑選官吏，只要是「木詘（同木訥）於文辭，重厚長者」，一旦發現，便馬上起用，「即召除為丞相史」；相反地，若是「言文刻深，欲務聲名者」，則一概摒棄，「輒斥去之」。

從此，曹參的政府裡，盡是一群不驚不擾、不務聲名的厚重長者。他們既不嚴苛，也不以法逼人（不死守法律，更不把「依法行政」掛在嘴邊）。他們不求表現，也不貪圖績效（曹參不可能弄評鑑、搞評比）。他們默默做事，老老實實；外表是個官員，性格則近於老農。這一群厚重長者，一個個光而不耀；他們是，曖曖內含光。

這樣地曖曖內含光，一時間，遂成了這新朝的氣象。雖然曹參只任漢相三年，但典範一立，不僅養成漢朝的寬厚之風，更養足了兩漢氣脈。於是，我們今天看到漢陶與漢磚，也讀到漢簡與漢碑，那裡頭，都有種曹參無為而治遺留下來的「無用之大用」，名曰，質樸與大氣。於是，有漢一代，前後綿延四百年；即使後來被篡，直至西晉末年，匈奴人劉淵稱帝，仍因人心思漢，依然要建國號為「漢」。又於是，我們今天自稱漢族，相較於全世界驟然而興又驟然而衰的諸多民族，漢民族不僅幾遭顛躓旋即又勃然而興，漢文明更是氣息深長、綿亙久遠。而今，在這整天高喊改變、恣意興革卻上上下下一片浮躁難安的時代裡，我們再回頭看看曹參，除了「蕭規曹隨」一詞之外，又該讀出些甚麼？

今暴得大名，不祥

民間有高人。

去年九月，應老友莊立華之邀，我在北京拍了紀錄片。訪談中，立華兄不斷提起這句話：民間有高人。我聽了，笑著說，這是當然。我出身台灣民間，生長於茄萣漁村；近二十年來，又長居池上鄉下。至今，仍不時自嘲，「往來無鴻儒，談笑皆白丁」。眼下我逛傳統市場，常覺得比逛書店更饒富興味；我看市場裡那些販夫攤婦的精氣神兒，總自嘆弗如。尤其平日，在與鄉夫村婦的往來言笑中，我更是清楚，儘管他們不善議論，也未必多有自覺，可真論清朗豁達，真說深穩信實，比起備受各種主義思潮衝擊的文化人而言，兩岸民間，顯然，都健康多了。

民間之人，無甚學問，也沒太多知識，可是，從他們的言語行事，我每每獲得教益。有時，只聽他們閑話幾句，我便頓時開豁，更勝素常所讀的宏文巨論。民間這樣的深穩強大，古今皆然；他們的集體智慧，更是遠從亙古以來，一向如此。至少，我讀《史記》時，就常見到這樣的高手。

譬如，陳嬰之母。

陳嬰是誰？昔日秦失其鹿，天下豪傑共逐之時，項梁率著八千江東子弟兵渡江而西，陳嬰最早以東陽縣兩萬兵力投靠，於是開始了日後項氏的極一時之盛。後來，陳嬰又轉投劉邦，迨高祖大事底定，遂受封「堂邑侯」。陳嬰這樣的角色，在歷史長河中，當然次要；因此，司馬遷也只在〈項羽本紀〉中提了一段。可這寥寥百餘字，最大的亮點，卻是陳嬰之母。

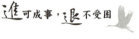

話說，陳嬰原是個東陽縣屬吏，職位不高，但「居縣中，素信謹，稱為長者」，只因秦末大亂，刀兵四起，東陽縣少年殺了縣令，一時間，群龍無首，遂強推陳嬰為長，甚至要立他為王。正當陳嬰舉棋不定時，但聞陳母言道：「自我為汝家婦，未嘗聞汝先古之有貴者，今暴得大名，不祥」，因此，不如找個頭頭依附，「事成猶得封侯」，倘若事敗，因非首領，目標不顯著，也容易逃亡呀！

就這樣，幾句話，當下了斷。於是，陳嬰拒絕稱王，把東陽交給了項梁；多年後，果真，他也封了侯。陳母這席話，看似平常，也好像有點權謀；但其中七個字，我卻讀之震動：「今暴得大名，不祥」。

富貴榮華，人人皆愛；名利之心，孰人能免？當今時代，許多文青爭引張愛玲名句，「出名要趁早」；還有更多的年輕之人，藉各種管道，憧憬於短時之內竄起與暴紅。誠然，有了名聲，便伴隨著尊貴，也意謂著成功；依陳母看來，有名聲，絕非壞事；有此尊貴，也未嘗不可喜；可是，當這一切都猝然得之、暴然而起時，那麼，就多有不祥了。事實上，陳母不避名利，亦非清高之人，可她之所以高於那班豪傑，也比那輩鬚眉都更具有見識，關鍵在於：她感得了天道，故深知戒懼。歷史上的英雄，多是天之驕子；可這天之驕子，卻常忘了對天道的寅畏，也忘了生命起落時該有的戒懼。若不知寅畏，又無有戒懼，那麼，短時之內，自然可稱孤道寡、不可一世，但終究仍不免暴然而興、驟然而亡，一個個都成了歷史長河的浮花與浪蕊。

陳母明白，所謂的大名，得要有時間的鋪墊，也需逐步地調整；否則，一旦「暴得大名」，不僅身心急遽失衡，也必然導致難以逆料的重重危機；最終，就難免是災難一場。或許，是因為生命的閱歷，也可能緣於集體的智慧，總之，陳嬰之母不假思索，直覺到這可能的災難，故曰：「不祥」。像陳母這般明於天道又深知戒懼者，《史記》裡頭，我還想起了另一位高手。這高手，倒非民間之人，他居家致千金，為官則至卿相，在歷史上，最是個響亮的人兒。當年，他在攀登絕頂、功成名就之際，幡然轉身，只一聲輕嘆：「久受尊名，不祥」，從此，飄然遠去，一切歸零。

這高手是范蠡。那飄然遠去的一切歸零，則緣於他對天心人意的深刻觀照。《尚書》有云：「人心惟危，道心惟微」，范蠡清楚，一旦受尊過久，難免就心生我慢；既然我慢，必流於輕忽；一輕忽，即使危機重重，也可能昏然不覺。受人尊敬，本是件美事，但這不自覺的異化，卻讓無數人因此顛躓踉蹌，甚至墮入深淵，故曰：「不祥」。認真說來，人間的富貴榮華，本是椿椿可愛；可這椿椿之可愛，同時卻也是兩面利刃。一旦溺於其中，稍不自覺，便可能蒙受其害，甚至喪失性命。常言道，人生艱難。這艱難，不在於人生處處驚險，而在於即使身陷險境，也常常未必自知；縱使自知，多半也為時已晚；到了這時，真要脫身，也只恐不能。

因此，對多數人而言，要不，就失去了危機感，要不，即使照察得到，也只能深陷其中，大嘆「人在江湖，身不由己」，真要防微杜漸、見機於先，又豈是容易？佛教說：「菩薩畏因，眾生畏果」。所謂眾生，總於事發之後，才在葛藤中糾纏不清；至於菩薩，則在事起之前，便心生戒懼。范蠡與陳母，未必是佛教所說的菩薩，可是，他們的確都在因地之中便知寅畏，故能見機於先。事實上，不論是范蠡這般顯赫的角色，抑或陳母如此平凡之老嫗，儘管身分地位懸殊，學問差距也極大，可他們見機於先的智慧卻完全相同，連說話的語氣也幾乎一致，這有意思。

首先，他二人的臨事謙退與見機於先，一直是中國文明的根柢智慧。這樣的智慧，真要追究，恐怕早在數千年前中國文明肇始之際，便已瓜熟蒂落了。這樣的智慧，雖說備載於以老莊為首的道家典籍，可究竟說來，其實是中國人最深沉的文化基因。這樣的文化基因，大部分的中國人，或多或少，身上都有；這樣的生命智慧，大多數的中國人，或深或淺，也均能領會。范蠡與陳母，不過是把這智慧發揮到極致罷了！也正因如此，在民間那習焉而不察卻深具延續力的傳統裡，這樣的文化基因，便顯得特別強大，也格外地亙古彌新，於是，冷不防地，常常便又冒出個高人。

其次，我更感興趣的，是范蠡與陳母共同使用的那個詞兒：「不祥」。這詞兒，在《史記》一書裡，極為普遍；即使後來劉邦首入關中，諸將勸殺秦王子嬰，劉邦的回應，也仍然是，「人已服降，又殺之，不祥」。換句話說，不管是周朝，抑或是漢朝；也不管是深邃如范蠡，抑或是平凡如陳母，甚至是「無賴」如劉邦，那時的人們，一向都慣於從天道看人事。質言之，較諸後代，他們離天近。他們與天地關係緊密，他們是「天地人」那種頂天立地的人兒。那時，人們不斤斤於後儒所強調的「義利之辨」，也不在意今人所說的權利與義務。他們在意的，是天人之際；他們感知的，是天心與人意。有此感知能力，他們對於禍福災祥，就能見機於先；能見機於先，中國文明便可歷劫常新，中華民族亦可是個長壽的民族。漢代之後，又兩千餘年，我身處的台灣民間，因祭祀傳統不斷，至今，仍或多或少保有對天道禍福的感知能力，因此，他們的生命，便有種深穩強大，也特別地氣息綿長。現今，我茄萣老家每回建醮，家家戶戶，門楣上都還張貼著四個字：「天賜禎祥」。

閑人

十八歲時，我因重重困惑，莫得其解，遂在憂深鬱結之下，休學半年。那半年，除了睡覺、抱抱小孩、海邊散步之外，實在也沒做幾樁「正經事」。三十四歲，我教書九年，因身心不調，請假半年；只是四處走走看看，也沒啥名目。三十七歲，一輩子沒跟隨過甚麼老師的我，成了林谷芳先生門人，重新虛心當個小學生，請假一年。四十二歲，辭職，從此生命轉了個大彎。

我中年辭掉教職，沒退休金，也沒離職金。放棄頗稱優渥的待遇，放棄來日可觀的退休金，我倒不覺得太過可惜；但是，「裸辭」後的頭一年，面對家中妻小，面對還拿不準的行止，心中依然頗感壓力。第二年之後，情勢漸漸穩定，我心頭才踏實了些，總算將兩株懸念許久卻始終沒那心情的梅花給種了。而今，梅樹抽枝發芽，綠葉欣欣，我依然長住在池上鄉下，不時閑步遊蕩；鄉民見我貌似無所事事，多問是否已然退休？我笑著說，還早呢！

去年秋日，我到台北，和幾個編輯喫飯。座中有位出版社總編，聊起我辭職後這些年，或許可將箇中心境與生活種種，寫成一書，以供越來越多的退休人士參考。我笑著言道，辭職和退休是兩碼子事，很不一樣的。而且，我的情形，其實特殊，真能給人參考的，恐怕也不多。結果，又隔數月，北京有位老弟也剛辭掉一個有些份量的職務，來信慨嘆，若非海峽阻隔，否則，挺希望找我談談。不知是否相關，也不知是否切題，這晌，我讀《史記》，遂特別留意起幾位躍上歷史舞台前近乎無所事事的「閑人」；看看他們，或許，會更有些意思。

這些「閑人」，譬如陳平、韓信、張良；又譬如，劉邦。當然，後來他們因緣際會，已然叱吒風雲、熠熠生輝，早不再是甚麼「閑人」。但我感興趣的是，當他們仍閑散度日時，他們都做些甚麼？更令我好奇的是，如果後來沒有那些特殊機緣，他們若一直「閑人」下去，那麼，又將如何自處？

這頭一個問題，在《史記》裡，多少是有答案的。司馬遷是個黃老之徒，方年少，便胸有丘壑；自二十歲起，又行遍中國南北；經歷既多，見聞又廣，再加上長時間的漫遊，因此，很明白生命中的虛實相生與有無相成，也很能夠體會生命中宛如山水畫留白般的空閑有多麼重要。於是，他寫人物，格外看重傳主未發跡前的生命狀態，也擅於勾勒此時的二三軼事。這些事兒，狀似無關緊要，卻如草蛇灰線般，隱隱約約，呼應著日後的生命軌跡。前後參照，格外能讓人諦觀生命之起落。

譬如，他寫陳平。陳平「少時家貧」，卻不事生產；有田三十畝，盡交兄長，只自顧著遊學。他兄長倒無怨無悔，咬緊了牙，全力支持，完全放任這相貌堂堂的弟弟不務正業。陳平有謀略，富心計；雖說不務正業，但對往後的發展，卻是多方經營，層層鋪墊，半點也不含糊。他嫌貧愛富，為了交遊花費，獨獨看中一位富家孫女；即使對方「五嫁而夫輒死」，他也毫不在意，仍然想方設法，定要迎娶進門；娶進門後，從此，果真「齎用益饒，游道日廣」。後來陳平承辦社祭，將祭肉分配得勻勻妥妥，父老紛紛讚賞，陳平則不禁感慨：「使平得宰天下，亦如是肉矣！」

果然，數十年後，陳平在呂后、文帝兩朝為相，天下之事，確實處理得勻勻妥妥、穩穩當當。但是，假若陳平未曾為相，也無有那些風風火火，甚至，壓根就從沒發跡，只是一如既往，繼續在鄉里間過活，那麼，他又會是何種面目？

想來，陳平應該會過得不錯；大概，就是一方豪富吧！畢竟，陳平腦袋靈光，通權達變；對於掌握形勢，更尤其在行。他有心機，懂安排；知道如何趨吉避凶，也明白怎麼持盈保泰。縱使遭災遇厄，他擅於危機處理，甚至有能耐化危機為轉機。陳平又凡事看得透，特別有自知之明，不會無聊到自艾自怨，更不會無趣到自嘆自憐；縱使畢生只當個鄉紳，雖說可惜了些，但是，日子肯定還是滋滋潤潤，沒啥委屈的。

換成是韓信呢？韓信身處寒微，像個流浪漢，在街上受一群混混侮辱時，他是怎麼樣的一番心情？後來他「孰視之，俛出袴下蒲伏」，當然非常人所能為，不容易哪！但是，如果沒恰恰遇到秦末那樣的風雲際會，後來他的發展，恐怕不是大好，那麼，就只能是大壞吧！韓信槃槃大才，又自視極高；不僅有壯懷遠志，更是極度地自矜自重。只要是高不成，肯定就低不就。如果沒遇到深具慧眼、極度賞識他的人，不管走到哪兒，他大概都會才待陣子，就難免搖頭嘆息，自覺委屈，隨時又要走人的。如此韓信，要不一飛沖天，要不就寧可蹲在河邊繼續釣魚。河邊釣魚的他，飢腸轆轆，貌似遊民，可誰又知這人滿腔之抱負與滿腹的韜略呢？

如果張良，肯定，又有不同。張良在博浪沙擊秦皇帝不中後，隱姓埋名，亡命下邳。下邳這段時候，雖然不無忐忑，但他根本仍是個「閑人」。大概是閑蕩已久，早被黃石公「盯上」，因此，才會有後來圯上的千古一遇。此遇之後，張良若暫無機緣，大概只會一邊關注著天下形勢，一邊既調身、又調心。他身體不好，得養養。至於外頭的世界，他比誰都留心；形勢之推移，他也比任何人都明瞭。至於何時出山，那還得等等機緣，他不急。

劉邦呢？劉邦當「閑人」最久，那晌，都好大年紀了。沛縣上上下下、老老少少，一方面覺得劉邦胸襟開闊、氣度非常，很有長者風範，另方面又覺得他吊兒郎當、隨隨便便，老不太正經。劉邦尋常日子裡，過得有滋有味，也活得糊裡糊塗。有人提起他的某些神奇異能（譬如醉臥時「其上常有龍」，譬如隱於山間「所居上常有雲氣」），自然是得意非常；但聽了半天，卻沒太過當真。他一如既往，仍是天天侃大山，日日說大話；真要說甚麼胸懷大志，倒是沒這習慣。也不知為了啥，他玩意多，常有新花樣，每天活得興味盎然，有點兒像禪宗後來所說的「日日是好日」，也有點兒像孔老夫子所言的「不知老之將至」。

當然，他沒聽過孔子這話，也沒這學問。他一向瞧不起那些貌似很有學問之人，尤其討厭整天掉書袋的窮酸儒生。但是，真遇了事，只要旁人說得入情入理，他頭一個就眼睛亮了起來；尤其在節骨眼上，別人都還聽得懵懂，他卻霎時間便全明白了。他不讀書，卻擅於學習。他看人觀事，比誰都眼亮氣清。

日子一天天過，你若問眼亮氣清的劉邦有何打算，他嘿嘿一笑，肯定不太去想。真要說，就是無可無不可吧！面對未來，他沒啥規劃，也沒太多憧憬，但隱約間，卻會有種好意。有這樣的好意，才會「日日是好日」。

離去的身影

打從中學起，少說，有十幾年的光景，我一直是個鑽牛角尖的人。彼時，煩惱既多，憂思亦深，一層層、一疊疊，各種的疑惑，各樣的憂患，都把自己給團團困住。記得，都已二十六、七歲了，遇到事兒，不時還會糾纏其中，攪得不清不爽，完全莫得解脫。有一回，我鬱鬱不樂，正悵然若失之際，翻了《史記・屈原賈生列傳》，讀到「屈原至於江濱，被髮行吟澤畔，顏色憔悴，形容枯槁」，當下，泫然欲泣，久久不能自已。

那時，因楚懷王與頃襄王相繼聽了讒言，屈原忠而被謗、信而見疑，在受疏被遷之後，不論如何心繫楚王，又不論多麼睠顧楚國，終究，仍得千般苦痛、萬般悲涼地離開郢都。於是，在遠行的路上，屈原中心搖搖，行邁遲遲；在迢遙的途中，屈原邊走邊悽愴著，「舉世皆濁而我獨清，眾人皆醉而我獨醒」。他越思越想，心中豈止悲痛？因此，他的步伐，漸形蹣跚；他的身影，更形倉皇。最終，當步伐已沉重到再也走不下去之時，屈原「於是懷石，遂自投汨羅以死」。

二十幾歲的我，看這無比悲苦的身影，先是一驚，隨即又心頭一沉；彷彿，自己也要懷石而去似的。當時，我會「顏色憔悴，形容枯槁」，更多的時刻，則深深感覺到，「眾人皆醉而我獨醒」。面對這世界，我有種種的難受，可同時，又有種不願自承的倨傲。因此，我常陷於絕望，可又自覺有無限的悲憫；我不屑庸碌的人群，卻又時感對世人充滿了不忍之心；我似乎俯視著芸芸世間，對世人竟又比誰都還經常厭倦。結果，我前一個念頭，後又一個念頭，彼此糾結，彼此矛盾。這矛盾的念頭，念念相續，方生方死，方死方生，不斷地翻攪，把自己攪得惶惶不安，也讓自己深陷於莫名的感傷而難以自拔。於是，感傷的我，有種耽溺，更有種自憐。這般自憐的我，望著屈原遠去的身影，不由得縈紆煩悶，突然，就愴痛了起來。

許多年後，我生命有了翻轉。這翻轉，到底是如何翻、又如何轉，一時之間，也不好說清楚。不過，經過了這翻轉，我總算看清楚早先不願意自承的倨傲，也看到了原來的自傷與自憐。等這些都清楚看到、也願意坦然承認之後，才終於明白，把自己攪得疲累不堪的，既非那奸惡之人，亦非這朽壞的世界，箇中關鍵，只能是我自己。因此，我也終於了解，一切的糾結，說白了，都緣於作繭自縛。然後，既弔詭又有趣的是，一旦我明白了這點，早先我憤青式的操切與急躁，竟慢慢淡了；原來我文青式的蒼白與憂傷，也漸漸沒了。當這一切都漸行漸遠，生命也開始峰迴路轉之後，我再讀〈屈原賈生列傳〉，看到屈原那纏綿難解的離去的身影，雖說仍會惋惜，也不禁嗟嘆，可是，卻再也不會驚悼傷痛了。

迫使屈原離開郢都的，當然是那昏君與佞臣；可讓他離去之身影如此悽惶的，卻只能是他自己。人生的際遇，沒人說得準；可一旦得離去時，不管怎麼樣的身影，多多少少，仍可由自己決定。若論這離去的身影，我佩服范蠡。

外表看來，范蠡是功成身退，主動求去，完全不該和屈原相提並論的。然而，范蠡雖貌似主動，實也迫於形勢；說白了，他只不過見機於先，化被動為主動，先將句踐一軍罷了！正因如此，他才讓原是不得不然的離去，反變成最動人的身影。其實，真要說「功成身退」，似乎人人皆懂，也人人會說，可實際「操作」時，卻有著千差萬別。譬如張良，若論智慧，若論世情的穿透力，又豈在范蠡之下？可他儘管謙讓，儘管辭退了三萬戶的封賞，卻依然是個「留侯」。他雖稱病少出，可關鍵時刻，仍依然會幫劉邦一把。淡泊如張良，之所以似退還留，之所以沒徹底離去，當然不因為貪功，也非眷戀權位，更不是不了解「功成身退」的道理。若真要說，其實只因他比任何人都還真切地了解劉邦；從另個角度說，也因他沒有范蠡那樣的不得不然。張良清楚，他若即若離地留著，對劉邦會有幫助，對漢家天下也是件好事。再說，他不擔心「狡兔死，走狗烹」；因為，劉邦固然會猜忌，可絕不猜忌那完全不該猜忌之人。張良明白，他君臣二人，究竟是怎樣的關係；張良也清楚，劉邦這人，不同於句踐。

最了解句踐的，是范蠡。范蠡「與句踐深謀二十餘年」，唉！人生有幾個二十餘年？透徹如范蠡，焉能不清楚，「句踐為人，可與同患，難與處安」。君臣一場，該幫的，他已盡力；可幫完後，也該走了。眼看著句踐大事已成，范蠡知道，這君臣之緣，是得結束了。句踐功成日，本他離去時。他並非全無不捨，亦非全然無情，只是，形勢已容不得他再作多情。這時，若不能斬斷多餘的情緒，恐怕，他就走不了了。

老實說，范蠡是深知箇中凶險，才會走得如此決絕。換言之，他的主動求去，在骨子裡，本是不得已的呀！然而，正因深知凶險，也明白形勢之不得不然，不自欺，不自瞞，不自我開脫，不給自己藉口，更不讓自己糾結在自傷自憐那無謂的情緒中，於是，范蠡見機於先，化被動為主動，才使那離去的身影如此天清地闊。那離去之身影，人人不同；可究竟是天清地闊，抑或是跼天蹐地；箇中關鍵，正在於能否見機於先。說得更簡單些，其實，也不過是不自欺與不自憐罷了！

多談意思，少說意義

有位大陸青年問我，志氣與欲望，到底怎麼區分？

早先，梁漱溟先生有篇文章，教人要知辨別，莫將欲望當志氣，否則，生命就擱不在當下，就老是貪高騖遠，最後，更免不了把自己攪得煩躁不寧。讀罷，這青年頗有觸動，也深以為然。可麻煩的是，他即使想破了頭，仍無法將志氣與欲望分辨得清。梁漱溟還說：「念頭真切，才是真志氣」；可這青年仍納悶，欲望不是也很真切嗎？尤其後來，他又讀了業師林谷芳先生一段話（我簡體版《人間隨喜》的前言），「（知識分子）容易把自己的欲求擴充到極致。所謂齊家、治國、平天下，實際上也是欲求。如果這種向外的欲求不能被一種生命丘壑所承擔，就會帶來心理失衡」，咦——，「治國、平天下」？那不是絕大的志氣嗎？怎麼，也成欲求了呢？

這下子，他可真困惑了。為此，他寫了封信，問道，志氣與欲望，到底該怎麼區分？

呵！好問題！

所謂好問題，要不，就是難以回答；要不，就只能姑妄言之、姑妄聽之。因此，老實說，我真沒打算要回信。怎奈，他甚是苦惱，又問得懇切，只盼有個指點，好走出困境。如此一來，我倘真完全不說，似乎也說不過去；可是，我又哪能有甚麼指點呢？好吧，那就姑妄言之吧！

中醫常說，藥毒同源；同樣一味藥，用得對，就是藥；用不對，就是毒。

一顆尋常的蘿蔔，可成治病良方；一株珍貴的人參，也能致人死地。關鍵不在藥材，在於怎麼用。這正如人的一生，同樣是「飢來則食睏來即眠」，有人可證得無上菩提，有人卻整天活在無間地獄裡。關鍵，不在食與眠，在於你怎麼活。換言之，以外相來看，志氣與欲望，指涉的，常常是同一件事。譬如治國平天下，那當然可以是大志氣，但如果「情況」不對，就的確如林谷芳先生所言，「實際上也是欲求」。又譬如挑水砍柴，這本是最尋常的生活，卑微得很，與所謂的志氣，哪沾得上邊？可禪宗卻有名言，「挑水砍柴，無非妙道」，這句話，傳誦了千年，那群和尚都清楚，人只要當下安然，只要精神抖擻，就算是挑水砍柴，都可以是椿極有志氣的事兒。因此，真要區別，不在事，在人；箇中關鍵，是在於人如何做這事？做這事時，又是怎麼樣的精神狀態？如果，清清爽爽、明明白白，既有意興，又有神采，那就是志氣。反之，一臉浮躁、滿身濁氣，既患得之、又患失之，整天糾結不已，即使是做著再偉大的事兒，其實，也都只是欲望。

我這麼一說，歪打正著，恰恰就碰著了他的要害。他回信言道，原本，在年少的時代，也有著我所說的神清氣爽的那種志氣，豈料，讀了大學之後，因老想著做些「最有意義」的事，又老念著要成就某件「偉大」的事兒，因此，總無法「把心好好擱在一事上」，總不斷地懷疑，總「懷疑自己做的事沒有意義」，最後，滿腦子都是各式各樣的想法；而這些想法，彼此又相互牴觸、相互辯駁。結果，就把自己搞得「心力交瘁，非常煩亂」。

看了回信，我要他把「意義」、「偉大」這些詞兒都先暫時放下。這些詞兒未必不好，卻常常會把人困住。先擱著吧！事實上，中國人不太談「意義」，更常說的，是「意思」。「採菊東籬下，悠然見南山」、「桃花流水窅然去，別有天地非人間」，哪有啥意義不意義？但讀著讀著，自然可讀出些意思來。中國是個詩的民族，詩與意義無甚相干，重點是在於意思。所謂的好詩，是三言兩語，卻意思無窮。於是我勸他，先做個有「意思」之人，多做些有「意思」之事吧！

我想起了司馬遷。司馬遷是個有意思的人，《史記》更是本極有意思的書。我讀《史記》，總覺得，司馬遷乃天下第一等有志氣之人。正因有志氣，所以他看世間之事，件件有意思；其筆下人物，也個個有神采。尤其他寫的劉邦，不僅活靈活現，那精氣神呀，簡直就力透紙背！我讀《史記・高祖本紀》，不時都嘖嘖稱奇，也常常深感佩服，更多時候，則是讀著讀著，沒來由地就開心了起來。

這種沒來由地開心，或者是無緣故地好玩，既是《史記》的獨到之處，更是劉邦的過人本領。〈高祖本紀〉有一小段落，就寫個「劉氏冠」。我把這段抄給大家看看：

高祖為亭長，乃以竹皮為冠，令求盜之薛治之（派「求盜」去薛地找匠人又多做了幾件；「求盜」是亭長手下的吏卒，掌管緝捕盜賊），時時冠之。及貴，常冠；所謂劉氏冠，乃是也。

這個段落，與前後文無關，與劉邦的成就大事也很難看得出有何干係。換言之，是段閑筆；若換別人來寫〈高祖本紀〉，肯定就沒這段。尤其那些滿腦子「治國、平天下」這等偉大之事的讀書人，讀到這兒，大概，直接就跳過去了吧！真讓他們勉強讀之，大概就如小和尚唸經一般，唸完後，多半要嘀咕：哎呀！這甚麼和甚麼嘛！如此瑣碎之事，有啥好記的呢？

是的，習慣「意義」、習慣「偉大」的他們，確實與這等「瑣碎之事」無甚緣分。因此，他們很難體會有種沒來由地開心，也不清楚甚麼叫做無緣故地好玩。他們總目標明確，也總是規劃明晰；他們凡事按部就班、井井有條，更絕不做沒意義的事。這樣地條理分明，當然是好；不過，這就與「無所為而為」離得遠了。「悠然見南山」也好，看著「桃花流水窅然去」也罷，這壓根就沒甚麼目的，純純粹粹，就是一份好情懷。如此「無所為而為」，如此純粹的好情懷，看似不切實際，也狀似散漫，卻最能在若有似無之間保存了一份元氣與志氣。有此元氣，人可一如劉邦一般地屢挫不折；有此志氣，人就能雲雷滿蓄，更能進可成事、退不受困。因此，老子有句名言，「無為而無不為」；也因此，老子又有一句更有威力的話兒，曰：「取天下以無事」。

真要說偉大，那麼，取天下，夠偉大了吧！但老子偏偏卻說「以無事取天下」。這話簡直是個預示，果然，閑來編編「劉氏冠」、逕自開心的「無事」之人劉邦，當真就把這天大之事給做成了。呵呵，有意思吧！同樣是取天下，《史記》寫項羽劉邦二人，為了標出根柢差異，又以近乎閑筆的手法，記了一件「瑣碎之事」。那時，他二人都還沒起事，都還沒踏上歷史的舞台；同樣在人群中遠遠望著秦始皇出巡，項羽一看，就直接言道：「彼可取而代也！」至於劉邦，則是望了一望，不禁嘆息，曰：「嗟乎，大丈夫當如此也！」

兩人的情節相仿，說話的內容也相近，可箇中氣象，卻是天差地別。真要細分，項羽的語氣明確，既悍且戾，還滿嘴霸氣。霸道之人，都有種濁氣；他們平日所言所行，多半偉岸宏闊，很容易讓人以為是個有大志的。其實，那貌似偉岸，說到底，不過是股強大的欲念罷了！至於劉邦，其言語、其神態，則是意興揚揚，不勝欣羨。相較起來，劉邦所言，近於志氣。所謂志氣，總有些渾沌，又有些歡喜，還處處蘊含著生機。劉邦說這話時，就沒想到來日真要幹嘛；面對未來，更一向沒啥規劃。可是，在隱約之間，他又的確有種好意，有種好情懷。

有此好意與情懷，便可言志氣。有志氣之人，必然不乖戾、不煩躁；他們面對當下，沒那麼多氣憤；面對未來，也沒那麼多鬱結。有志氣之人，多能從容清朗，開心又好玩；他們對人，常有種好意，對事，也常有種歡喜。因此，這等志氣之人，多半眉目敞亮、神態清揚；單單看著他，我們就覺得這人有意思。於是，我勸這位困惑的青年多做點有意思的事之後，其實也想建議他，有空不妨拿面鏡子，照一照，就看看自己的眉目與精神吧！

天清地曠

錢穆談史，頗有佳處。譬如在歷代的政治制度中，他特別稱許兩漢，言道，「兩漢政治的好處，便在其質實少文」。這話說得好。

制度之為物，一如我們每個人的生活，易繁、易密、易堆砌，只要稍不小心，就會不斷積累、不斷加乘，終致不堪負荷；倘真要做到「質實少文」，其實，極不容易。唐、宋之後，中國政治便開始加乘積累，漸漸遠離了這「質實少文」，於是，法令日益繁密，制度也疊屋架牀，明、清兩代，政治遂急遽惡化。老子云：「法令滋彰，盜賊多有」；這盜賊，當然也包括了竊國之徒；君不見，明、清兩代，單單戲曲、小說所表，那貪官汙吏數量之多、勢頭之狠，可多麼驚人！

因此，回頭再看看兩漢政治的簡靜，真讓人遙想不盡！這樣的簡靜，當然，蕭何、曹參二人影響至鉅；畢竟，「蕭規曹隨」，垂則後世，千古佳話哪！然而，更關鍵的人物，是劉邦。

那時，劉邦病篤，遺言將來蕭何死後，應由曹參接替相位。曹參既有「守而勿失」的能耐，更有「不變不革」的氣魄（「不變不革」看似容易，其實需要極大的氣魄，絕非尋常之輩所能為；我有篇文章，專談曹參，就特別提了這點，可參閱〈「蕭規曹隨」之外的曹參〉）；劉邦明白，只要曹參接替蕭何，漢家之風便昂然可立。此外，在曹參之後，劉邦又點名忠厚的王陵，最終，則是提起了周勃。劉邦說周勃「重厚少文」，來日，「安劉氏者，必勃也」。

接二連三，劉邦安排了這些厚實之人為相，從此，不僅確立了漢家簡靜之風，也奠定了大漢四百年氣象。這氣象，是劉邦畢生最大的貢獻，也是對歷史最深遠的影響。因此，《史記・高祖本紀》的文末，「太史公曰」完全不論劉邦個人的長短優劣，以跨越數千年的歷史高度，單單只談夏商周三代直至漢代的立國精神的更替與移轉。司馬遷說，周人重文重禮，走到了末梢，便產生了細瑣浮薄乃至於虛偽之弊（《史記》用的字眼是「僿」）；秦滅周後，不矯其弊，反代之以更嚴更密的法令，這簡直就是火上加油，當然要完蛋。結果，到了高祖，漢初一幫君臣的質樸簡靜之風讓整個時代煥然一新，滌盡了昔日的細瑣浮薄以至於虛偽，因此，太史公曰：「漢興，承敝易變，使人不倦，得天統矣！」

劉邦這劃時代的政治決定，不僅因其見識，更源其性情。眾所周知，劉邦為人疏闊，待人又極其無禮，關於這點，歷代讀書人早已罵倒。然而，其無禮是表，質簡是裡；粗野是外，大氣則是深植其內。劉邦性情中的質簡大氣，正是漢興之後「承敝易變」的一大關鍵。另外，劉邦性情中還有更被人詬病、也更可以玩味者，那就是他有種違背常理的「無情」。譬如，項羽以「烹太公」要挾時他的嘻皮笑臉；又譬如，逃命時他將兒女踹下馬車的大腳一踢。凡此之事，當然很難被諒解。可奇怪的是，他這般「無情」，偏偏後來老爸活命了，子女也保住了；他若不是如此「無情」，後果將會如何，老實說，還真在未定之天呢！

劉邦的「無情」，從骨子裡看，其實是一種最徹底的不沾不滯。正因不沾不滯，所以，一切可拋；正因不沾不滯，所以，全盤皆活。常人容易糾纏不清的，劉邦是連考慮都不考慮，砉然一聲就全甩開了；世人多要受執被困的，劉邦則像個無賴，啥也不管，凡事都可破、可掙脫、可放下。正因劉邦這樣的性情，才會有漢初那樣的天清地曠，也才會有兩漢政治的簡靜與清明。

我每回讀到劉邦這樣的不沾不滯，總想起我們這個時代，也想起我的一些朋友。前陣子，我到深圳，聽當地一位文化人感慨，每天，他都得花太多的時間於微博與微信；雖知不該如此，可別人轉發了、評論了，若沒回應，又自覺過意不去。於是，心裡就有了糾結。聽他言罷，我沒多說。因為我知道，這既是個時代病，亦是他性情所致。若真有用，三言兩語，也就夠了；如若不然，多言，其實無益。這就好比台灣無數的低頭族，你真勸他，多半也沒用。在這無限堆疊的時代裡，訊息如排山倒海般淹沒了大多數人；他們人手一機，看似豐富，實則已黏滯到無以自拔的程度。他們已然被綁架，就好比那吸毒之人，即使朋友真心想關切、真心想勸告，說了半天，好像也都無關痛癢。

除非，重新又有個天清地曠。儒家說「止」，老子說「損之又損」，禪宗則說「懸崖撒手，絕而后甦」；儒釋道三家說來說去，不過是教大家當抽手就抽手、該回頭便回頭。他們所說，當然都極好，可相較而言，我更喜歡劉邦那樣開創了一個簡靜清明的大時代，讓無論賢愚不肖、差不多的人都可活得清清爽爽、實實在在。我也喜歡劉邦的凡事豁脫，光朗朗、明亮亮，即使別人說他無禮、罵他無情，再怎麼說三與道四，他都絲毫不以為意。只要是不相干的，他都可以在一瞬間，就解脫開來。這樣的人，才夠暢快；如此天地，才真清曠。

魂魄猶樂思沛

有首歌，朱熹曾譽之，「自千載以來，人主之詞，未有若是壯麗而奇偉者也」。

壯麗而奇偉，哪一首？

您猜著了吧?!

是的，那是漢高祖十一年，初秋，淮南王黥布反。黥布驍勇善戰，是漢初三大異姓王之一；當韓信與彭越相繼敗亡後，黥布的起兵造反，算得上極緊要的一樁大事。劉邦不敢輕忽，遂硬撐著病體，率兵自擊之。三個月後，黥布敗走，劉邦鬆了口氣，便令別將追之，自己則回師長安。途中，心想，時入冬日，沛縣老家的莊稼勞作，都該告一段落了，這晌，順道，就回趟沛縣吧！

於是，他「留置酒沛宮（沛縣的行宮），悉召故人父老子弟縱酒」，酒既沉酣，劉邦一邊擊筑，一邊唱歌，歌曰，「大風起兮雲飛揚，威加海內兮歸故鄉，安得猛士兮守四方」。唱罷，又令身旁一百二十個小兒「和習之」。初冬的華北大地，北風一陣陣而來，當這一百二十人齊聲高唱，在波濤般、浪也似地一片壯麗而奇偉的歌聲中，劉邦起身而舞，載舞、載歌，「慷慨傷懷，泣數行下」，對著沛縣的父老言道，「游子悲故鄉，吾雖都關中，萬歲後（去世之後），吾魂魄猶樂思沛」。

是的，即皇帝位後，這是劉邦頭一回回到沛縣。然而，這也必然是最後一回了。畢竟，原本就病篤痾沉的他，擊黥布時，又「為流矢所中」；那傷有多重，他心裡清楚。反正，不也都六十好幾了嗎？下次再來，確實也只能魂魄歸來兮了。趁這回回師經過，到家鄉探探父老、道道故舊，順便，也看最後一眼，和大家告個別吧！將來，他肯定是無法埋葬故土了，但「萬歲」之後，卻必然「魂魄猶樂思沛」的。

就這樣，劉邦與「沛父兄諸母故人，日樂飲極驩」，那敘不完的舊情，飲不盡的醇酒，今日歡樂復明日，恣謔笑語皆盡觴。然而，天下沒不散之筵席，十數天後，終究得走了。可這一走，戀戀不捨的，又豈止高祖劉邦？沛縣的父兄，一個個，盡皆苦苦相留。劉邦看著大家，笑一笑，搖著頭，「吾人眾多，父兄不能給」，再待下去，大家擔負不起的，走吧！

留不住，走吧！這一走，沛縣上下，全城皆空。整個沛縣，扶老攜幼，跟隨著高祖，從西門而出，一路綿延，逶迤不絕。送了好長一段路，人累了，馬也乏了，歇會吧！這時，沛縣的父兄不得稍閑，但見他們前前後後、紛紛張羅著。於是，獻牛的獻牛，獻酒的獻酒；先是勸飲，繼而勸留。高祖一看，心頭嘆息，怎麼又這般勞費了呢？好吧！「復留止，張飲三日」，那就再搭帳設帷，痛痛快快喝他三天吧！

這三天，歡笑依舊，偶爾，也悽愴依然；在人聲鼎沸中，有喜，有樂，有悲，有感。劉邦望著平野上滿城老老少少一邊言笑，一邊張羅著喫食，「水湧雲騰，氤氳四溢」；來日，他「魂魄猶樂思沛」，真正眷戀的，大概也就是這人世間的熱鬧與悲歡吧！他遠眺著初冬的田疇，有些蕭索；極目四望，也有些蒼茫。北風一陣陣吹來，風大了。劉邦抬了頭，望著天，雲流動得很快，像是要飛揚了起來。

消散迷失已久的魂魄，久違了！
——我讀《史記》

歷代寫史，公推二司馬為最。其中，司馬光寫《資治通鑑》，大手筆。可惜，他是個儒者，生性嚴肅，還有些執拗，而且，又過度緊盯著「資治」之用，因此，全書寫得嚴嚴實實，簡直是密不通風。較諸《史記》，《資治通鑑》雖有所長，卻少了些游於虛實之生氣，更不易見那吞吐開闔的大氣。

能吞吐開闔，方可大氣。當年，因李陵之禍，司馬遷受了莫大的屈辱，可是，後來他寫《史記》，偏偏卻跌宕多姿，妙趣橫生。如此不為苦難所困，也不留下任何陰影，反倒更能吞吐，更為大氣，這就非常的了不起。司馬遷能將所有的磨難盡化成生命之陰陽迴盪，《史記》這本領，是中國史書第一。

《史記》的蕩氣迴腸，處處可見，我尤其喜歡司馬遷筆下的劉邦。在〈高祖本紀〉裡，太史公寫劉邦擊黥布後，途經沛縣，「留置酒沛宮」，招舊識父老子弟，放懷縱酒。當酒已沉酣，劉邦擊筑，自為歌詩，曰：「大風起兮雲飛揚，威加海內兮歸故鄉，安得猛士兮守四方」。

這首歌，極好；朱熹曾譽之，「壯麗而奇偉」。可是，司馬光編《資治通鑑》時，從劉邦置酒沛宮一路寫起，「悉招故人、父老、諸母、子弟佐酒，道舊故、為笑樂。酒酣，上自為歌」，到了這兒，偏偏就不將此歌輯入。蓋不收此歌，其實無礙於敘事之完整，更無損於「資治」之用。或許，在司馬光眼裡，收進就多餘了。但是，太史公不僅寫入書裡，還成了文章的一大亮點；在《史記》全書中，更時時可見諸如此類無關敘事完整、也貌似無用之閑筆。這些閑筆，看來無甚緊要，卻可讓文章頓時搖曳生姿。有此丰姿，後人遂可讀之不倦。這樣地看似無用，其實最可沁人心脾，這正是莊子所說的「無用之用，大用矣」。正因如此閑筆，太史公筆下的歷史，不僅有了溫度，更有著光陰的徘徊；也正因有此閑筆，不僅聞聽得到這些人物的言語謦欬，更可觸及那生命的魂魄深處。

《史記》在「大風歌」之後，接著又寫高祖起身而舞，「慷慨傷懷，泣數行下」；對著沛縣父老，劉邦言道，「游子悲故鄉，吾雖都關中，萬歲後，吾魂魄猶樂思沛」。這四句話，說得動人；尤其在劉邦自知餘日無多之際（半年後，高祖崩），格外顯得情真意切。劉邦最大的本領，是與世人無隔；他是個迥異於常人的天才，可偏偏卻最能與常人相知相悅。因此相知相悅，故他可成就大事，故可打得下亮亮煌煌的漢家天下。《漢書》說他，「自監門、戍卒，見之如舊」，這是王者吞吐開闔的能耐。既然連「監門、戍卒」，都可「見之如舊」，更何況家鄉的父老？於是，劉邦面對滿城故舊，不禁脫口說出「吾雖都關中，萬歲後，吾魂魄猶樂思沛」這百感交集的話語。然而，《資治通鑑》

寫到這兒，獨獨只留了「游子悲故鄉」一句，後頭的三句，儘管感懷更深，可司馬光大筆一劃，直接就刪掉了。

更可惜的是，劉邦與故人敘往事、思來日，悲欣交集，痛飲十數日，最後，欲去，沛縣父兄不捨，苦苦相留。相留未果，準備啟程長安，結果，一出城，沛縣全城皆空；滿城老小，全到城外送行，獻牛的獻牛，獻酒的獻酒，劉邦不禁動容，遂「復留止，張飲三日」。這一段，《史記》寫得滿紙人情，簡直是「氤氳四溢」，可是，《資治通鑑》卻隻字不提。

〈高祖本紀〉細細描繪了劉邦歸返故里的歡欣與愴然，正如〈項羽本紀〉詳述著項王垓下受圍的慷慨與悲歌，寫的，都是傳主的魂魄。《史記》寫事，更寫人；《史記》寫人，更寫魂魄。那時，項王受圍，英雄末路之際，不勝悲愴，自為詩曰，「力拔山兮氣蓋世，時不利兮騅不逝，騅不逝兮可奈何，虞兮虞兮奈若何」，如是，「歌數闋，美人和之」。這一段，《史記》寫得勾魂攝魄，千載後，讀之仍不免心驚；今人縱使不讀《史記》，單單看京劇《霸王別姬》項王與虞姬悲歌那幕，都還要不勝欷歔的。然而，《資治通鑑》寫到這兒，不僅將項王之詩給刪除，索性，連虞姬提都不提了。

《資治通鑑》不寫這些，當然是司馬光的嚴正。儒者的嚴正，本是件好事；論語裡頭，孔子何等嚴正？有此嚴正，才有百世不易之大根大本。可是，當嚴正一旦過頭，以至於無法呼吸，無法開闔吞吐，那麼，就不免淪為拘泥閉鎖了。宋以後的儒者，拘閉者日多；他們個個是正人君子，眼裡只有堯舜禹湯文武周公，於是，英雄美人之事，多半不屑一顧。他們只知實、不知虛，只知有、不知無。《史記》寫劉邦、項羽的慷慨悲歌，正如舊小說大量穿插的詩詞，看似無關緊要，可卻是真實生命的呼吸與吞吐。有此呼吸吞吐，才有中國文明所說的虛實相生。

這些儒者，昧於虛實；因此，在正邪之間，便經常迂執不化。他們只相信「正能克邪」，卻無法對世間的賢愚不肖有著相知與相悅。他們凡事太過認真，愛憎又極度分明，結果，在「大是大非」的幌子下，比誰都「愛之欲其生，惡之欲其死」。正因如此氛圍，北宋才有那慘烈的新舊黨爭。在新舊黨爭中，司馬光之所以會那般荒腔走板，不正因拘執太甚嗎？而北宋之所以亡於黨爭，不也正因儒者的開闔吞吐出了問題嗎？

宋以後，理學大盛；到了清代，樸學又起。由宋至清，但見儒生越來越正經，學問也越做越嚴謹。到了後來，他們是連一個詞、一個字也毫不放過，半點都不得含糊。他們凡事較真，凡書也必要考證出究竟之真偽。他們整天忙著糾正別人枝枝節節的錯誤。這樣地嚴謹認真，看似好事，可實際上，卻只見一個個日形拘閉；從此，儒者開闔吞吐的能力更衰，氣象與格局也更為萎縮。如此拘閉，到了民國，並無改善；在現代學院裡，反更變本加厲。學院中的讀書人，竟日埋首於所謂的學術論文，不論格式、註腳、研究方法、問題意識，缺一不可，嚴謹得不得了。可寫這些極度規範的所謂論文，通常也就三、五之人勉強讀之，除了為稻粱謀，除了不得不然之外，還有多少人談氣象格局？又還有多少人關心吞吐開闔？

二十六年前，因為司馬遷「通古今之變、究天人之際、成一家之言」這三句話，我進了歷史系。可才到台大，系裡就開始教我們讀論文、寫論文。讀來讀去，但見一篇篇號稱客觀的分析，卻感覺不到一點點歷史的溫度；只看到一樁樁貌似嚴謹的論述，卻碰不著一絲絲人物的魂魄。每次讀完論文，腦袋填塞得緊，心裡則空虛得很；畢竟，那沒溫度，也沒魂魄。現代學院毫無生命實感的學術論文的大行其道，與現代社會完全無法遏止的躁鬱狂症的大肆流行，其實，是同一回事。他們，都失去了魂魄。所幸，後來我脫離了學院，開始無所為而為地讀著《史記》，慢慢見識到太史公在敘事描形之際，以事顯體，由形入神，這時，我讀到的，不僅是中國文明原有的精神，更是自己年少以來消散迷失已久的魂與魄。唉，久違了！

九歌文庫1155

進可成事，退不受困

——薛仁明讀史記

作者　薛仁明
有聲書音樂　林谷芳
特約編輯　施舜文
創辦人　蔡文甫
發行人　蔡澤玉
出版　九歌出版有限公司
臺北市105八德路3段12巷57弄40號
電話／02-25776564・傳真／02-25789205
郵政劃撥／0112295-1
九歌文學網　www.chiuko.com.tw
印刷　晨捷印製股份有限公司
法律顧問　龍躍天律師・蕭雄淋律師・董安丹律師
初版　2014年 4 月
初版 3 印　2019年 5 月
定價　300元

書號　F1155
ISBN　978-957-444-934-7
（缺頁、破損或裝訂錯誤，請寄回本公司更換）

國家圖書館出版品預行編目資料

進可成事，退不受困── 薛仁明讀
史記／薛仁明著. -- 初版. -- 臺北市 :
九歌, 民103.04

面；　公分. --（九歌文庫 ; 1155）

ISBN 978-957-444-934-7（平裝）

855　　　　　　　　103003605